imaginist

想象另一种可能

理想
想
国
imaginist

Siete casas vacías

Samanta Schweblin

七座空屋

［阿根廷］萨曼塔·施维伯林 著

姚云青 译

北京日报出版社

谨以此书献给

我的父母，

莉莉安与巴布罗

在他五岁的女儿在餐厅和厨房之间迷路前，

他曾经警告过她：

"这个家说大不大，说小不小，

但只要一不小心，路标就会消失，

从此你将失去所有的希望，直至生命的尽头。"

　　——胡安·路易斯·马丁内斯，《一个家庭的消失》

A: 我喜欢这间公寓。

B: 这公寓很漂亮，但一个人住还不够宽敞，好吧，应该说，给两个真正亲密的人住，就不够宽敞了。

A: 你见过两个真正亲密的人？

　　——安迪·沃霍尔，《安迪·沃霍尔的哲学》

目 录

一无所有

"我们迷路了。"我母亲说。

她踩下刹车，从方向盘上方探出头，细瘦、沧桑的手指紧紧抓着方向盘。一个半小时以前，我们离开家来到这一带，这是我们最喜欢的居民区之一。这里的房子宽敞漂亮，但都是土路，昨天下了一整晚的雨，现在路上遍布泥泞。

"你非得停在烂泥里？现在我们怎么出去？"

我打开车门，想看看轮子在泥地里陷得有多深。情况不容乐观，非常不乐观。我砰的一声关上门。

"你到底在干什么，妈？"

"什么叫我在干什么？"她仿佛真的不明白。

其实我知道我们在干什么，但我忽然意识到对话的奇怪之处。我母亲仿佛不明白我的问题，但她却回答了，说明她对我在问什么心知肚明。

"我们来看看房子。"她回答。

她眨了几下眼睛，厚厚的睫毛膏在睫毛下忽闪着。

"看看房子？"

"看看这些房子。"她指了指街边的房子。

这里的房子都建得又高又大。它们矗立在新修整的草坡上，在黄昏的余晖下闪闪发亮，气派极了。我母亲叹了口气，重新靠回椅背，双手依然紧紧抓着方向盘。她没有再说什么。也许她也不知道还能说什么。这就是我们在干的事。出来看房子。出来看别人的房子。我很确信，自打我有记忆以来，母亲就一直在这样浪费我的时间，一点一滴地试图从对陌生人的房子的解读中积攒起什么。令我意外的是，母亲率先恢复了行动：她重新启动了汽车，车轮在泥泞中打转，不过最后还是驶了出来。我回头看着背后的十字路口，看着我们的车在沙土上留下的一片狼藉，心中暗暗祈祷不会有人注意到昨天我们也在两个十字路口以外干过同样的事，还有另一次，是在接近出口的地方。车继续向前走。我母亲沿着街道右侧行驶，没有在任何大房子前逗留，也没有对那些栅栏、吊床或遮阳篷评头论足。她既没有再叹气，也没有哼小曲；既没在记路，也没看我。我们又驶过了几个街区，路边的房子变得越来越普通，草坡没有之前宅子里的那么高，也没有那么考究，连人行小径也没有。从刚才那条土路到这块平平整整的地面都有绿茵覆盖，仿佛地面上一汪绿色池水。车向左转了个弯，又向前驶出几米。我母亲大声自言自语："这里没有出口。"

前方还有几幢房子，之后，一片树林切断了道路。

"地上都是泥，"我说，"掉头吧，别熄火。"

我母亲皱紧眉头看了看我。她驶向右侧的草坪，想从那边掉头。结果惨不忍睹：车子一个大转弯，一头冲上了左侧人家的草坪，停了下来。

"该死！"她说。

她试图加速，但车轮陷进泥里了。我朝后看了看，想搞明白我们陷入了什么境地。有个小孩在花园里，在一户人家的门边。我母亲猛踩油门，终于倒车成功。这就是她干的好事：穿过街道，将车倒上了别人家的草坪，两道带着泥泞的车辙在人家新修剪的宽敞草坪上画出两条半圆形的轨迹。车在这户人家的一排大窗前停下了。那个小孩一脸惊讶地看着我们，手里还拿着塑料玩具卡车。我举起手，做了个手势，想表示歉意，让他小心，但那男孩扔下手里的卡车，跑进了屋里。我母亲看着我。

"快把车开出来。"我说。

轮胎开始转动，但车纹丝不动。

"当心，妈妈！"

一个女人出现在窗边，掀开窗帘透过玻璃窗看看我们，又看看她的花园。那个男孩紧挨在她身边，对我们指指点点。窗帘重新合上了，车则在我母亲的操作下越陷越深。女人从房子里走出来了。她想往我们这儿走，但又不想踩踏自家的草坪。她先沿着上过漆的木地板铺就的小路走了几步，随后调整方向，穿过草坪，几乎是踮着脚尖地朝我们走来。我母亲又低低地骂了一句"该死"！她松开油门，然后，终于松开了方向盘。

女人朝我们走来，把头凑到车窗前和我们说话。她质问我们在她的花园里干什么，语气很不客气。那个男孩抱着门边的一根柱子，偷偷地探头张望。我母亲说了好几次抱歉，非常抱歉，但女人置之不理。她只顾盯着自己的花园，盯着轮胎在草坪上留下的车辙，不断质问我们在干什么，为什么我们的车会陷在她家的花园里，问我们知不知道自己造成了多大的破坏。于是我开始解释。我说我母亲不会在泥地里开车，说她状态不太好。这时，我母亲一头猛撞在方向盘上，随后便一动不动，也不知道她是死了还是昏过去了。她的背脊颤抖着，随后开始哭泣。女人看着我，她不知道该怎么办才好。我摇晃着我母亲的身体。她的额头依然死死地抵在方向盘上，双臂无力地垂在两侧。我从车里出来，再次向女人道歉。她一头金发，像那个男孩一样身材高大，眼睛、鼻子和嘴巴挤在一张大脸上。她看起来和我母亲差不多年纪。

"谁来赔偿这个损失？"她问。

我身上没钱，但我跟她说我们会赔的。我又道了歉，并承诺我们一定会赔偿她的损失。我的话似乎使她平静了一些。她把注意力转回我母亲身上，与此同时留神注意着自己的花园。

"女士，您还好吗？您怎么了？"

我母亲抬起头看了她一眼。

"我感觉糟透了。请帮我叫一辆救护车。"

女人看起来不太确定我母亲是认真的还是在开玩笑。她当然是认真的，但她并不是真的需要救护车。我对女人做了个手势，想让她等等，但她没有看到。她向后退了几步，看看我母亲那辆锈迹斑斑的旧车，又看看她站在不远处、一脸惊讶的儿子。她肯定不想我们继续待在这里，希望我们尽快消失，但她不知道该怎么办。

"拜托，"我母亲说，"在救护车来以前，能给我一杯水吗？"

女人迟疑了一会儿，看起来她并不放心留我们单独在她的花园里。

"好。"她说。

她拽着男孩的衣角，拖着他一起离开了。两人走进屋里，门砰的一声关上了。

"能解释一下你在干什么吗，妈妈？快从车里出来，我得想办法把车开出来。"

我母亲在座椅上直起身，慢慢地挪动双腿，准备走出来。我环顾四周，想找根不大不小的树干或者几块石头垫在轮胎下，好把车开出来，但周围的一切都干净整洁，收拾得井井有条。环视四周，只看见花花草草。

"我要去找几根树干，"我指了指道路尽头的树林，对我母亲说，"你别乱走。"

我母亲正要跨出车门，呆了一下，又一次跌

坐到车座上。我开始担心，天马上就要黑了，我不确定自己能否摸黑把车子开出来。树林就在两幢房子后面。我在树丛中搜寻，很快就找到了需要的东西。但等我回来时，我母亲已经不在车里了。外面空无一人。我走近那幢房子的正门。小男孩的玩具卡车就扔在门垫上。我按了按门铃，女人来给我开门。

"我叫了救护车，"她说，"我不知道您去哪儿了，您母亲又嚷嚷说她马上又要晕倒了。"

我心想，她什么时候晕倒过？我抱着树干走进门，我找到了两根，每根都有两块砖头那么大。女人带我走进厨房。我们穿过两间宽敞的、铺着地毯的起居室，随后我立即听到了我母亲的声音。

"这是白色大理石吗？你们怎么买到的？你爸爸是做什么的，亲爱的？"

我母亲坐在桌边，一手拿着茶杯，另一只手拿着糖罐。男孩坐在她对面，看着她。

"我们走吧。"我指了指怀里的树干，对她说。

"你看到这个糖罐的设计了吗？"我母亲说着，把手中的糖罐送到我眼前。看我不为所动，她又加了一句：" 我真的感觉很不舒服。"

"那只是个装饰品，"那男孩说，"这才是我们真正的糖罐。"

他拿出另一个木制的糖罐给我母亲看。但她视若无睹，从椅子上站起来，冲出厨房，看起来好像是要去呕吐。我无可奈何地跟在她身后。她进了过道旁的一个小卫生间，关上了门。女人和她的儿子看着我，但并没有跟上来。我敲了敲门，问她能不能进去，随后就在门口等着。女人从厨房里探出头。

"救护车十五分钟后就到。"

"非常感谢。"我说。

卫生间的门开了。我闪身进去，关上门，把怀中的树干放在镜子边。我母亲正坐在马桶盖上哭泣。

"妈妈，怎么啦？"

她撕下一张卫生纸，擤了擤鼻子，回答道："这些人是从哪里得到这一切的？你看到了吗？他们起居室的每个角上都有楼梯。"她把脸埋在手掌中："这太令我伤心了，我简直想死。"

有人在敲门。我想起救护车已经在路上了。女人隔着门问我们是否还好。我下定决心，必须把我母亲拖出这幢房子。

"我去把车弄好，"我说着，重新拿起那两根树干，"你过两分钟出来。最好直接到车边来。"

女人正在走廊里打电话，看到我出来，她挂断了。

"是我丈夫，他马上回来。"

我很想知道她丈夫是来帮助我们的，还是要来帮她把我们赶出房子。但那女人什么都没透露。我走出房门，走向我们的车。听到这家的小孩跟在我后面跑，但我没说什么，把树干垫在车轮下，在我母亲可能会放车钥匙的地方寻摸了一番。我发动了汽车，试了好几次，终于凭借垫在轮胎下的树干让车动了起来。我关上车门，那男孩赶紧跑开，以防被车轧到。我继续向前开，沿着那道半圆形的车辙把车开回路面上。她不会自己出来的，我心想。我怎么能指望她会听我的话，像个正常的母亲一样离开那房子呢？我关掉引擎，回去找她。小男孩跟在我后面跑，怀里抱着那两根沾满泥的树干。

我没敲门就进了屋，直奔卫生间。

"她已经不在卫生间了，"女人说，"拜托，请带您母亲离开我们的房子。她有点太过分了。"

她带我走上二楼。屋里的楼梯宽敞明亮，地上铺了一块奶油色的地毯。女人走在前面，对我在每一级台阶上留下的泥脚印视而不见。她指了指一间房间。门是半开着的，我进门时只稍微打开了一点，好保留一些隐私。这是一间主卧室，我母亲正脸朝下趴在一块地毯上。她摘下了自己的手表和手镯，放在一个柜子上，那个糖罐也在这些东西旁边。她大张开双臂和双腿，有一瞬间，我不禁怀疑我母亲是不是想用这种方式来抱住这所有的一切。她叹了口气，坐起身，整理好头发和衣衫，朝我看过来。她的脸现在没那么红了，但脸上的妆容早被眼泪弄得一塌糊涂。

"又怎么了？"她问。

"车好了。我们得走了。"

我偷偷朝门外望了望，想看看那女人还在不在。但我没有看到她。

"可是，我们拿这些东西怎么办呢？"我母亲指着周围说，"得有人来跟这些人好好谈谈。"

"你的钱包在哪儿？"

"楼下，起居室里。第一间起居室里。他们还有另一间起居室，更大，对着一个游泳池。还有另一间起居室，在厨房边，对着后花园。他们有三间起居室，"我母亲从牛仔裤兜里抽出一条手帕，擤了擤鼻子，又擦了擦眼泪，"每间起居室都有不同的用途。"

她抓着床头的护栏站起身，走向卧室自带的浴室。

床单上有一道折痕，怎么看都是出自我母亲之手。床底下塞着一堆东西：一个黄色的床罩，上面是漫天繁星的图案，还有十来个小靠垫。

"上帝啊！妈妈，你动了他们的床？"

"你提都不要跟我提那些靠垫。"我母亲说。随后，她从浴室里探出头，好让我能更清楚地听到她讲的话："还有，我希望我走出浴室的时候，那个糖罐还在，你别给我做傻事。"

"什么糖罐？"女主人的声音从门的另一侧响起。她敲了三次门，但没有勇气进来。"我的糖罐吗？拜托了，那可是从我母亲那儿传下来的。"

浴室中传出浴缸水龙头被拧开的声音。我母亲走到门后，有那么一瞬间，我还以为她要开门让女人进来。但她关上了门，并暗示我压低声音。原来她拧开水龙头就是为了不让外面的人听到我们说话。这就是我母亲，我对自己说。与此同时，她正一个个打开柜子的抽屉，拨开衣服堆，只为了确认柜子底部的木料是不是也是雪松木。自打我懂事起，我们就这样四处偷窥别人的房子：我们从那些人的花园中拔掉不合时宜的花朵、挪走不合时宜的花盆；我们挪动喷灌器、扶直邮筒、拿走草坪上多余的装饰物。从我的脚可以够到汽车踏板的时候开始，我就负责开车，这令我母亲的行为变本加厉。有一次，她甚至搬走一户人家白色的木头长凳，放到了对面人家的花园里。她拆卸别人的躺椅，除掉别人的杂草。她曾三次从一张印刷粗劣、风格俗艳的海报上撕下"玛丽卢二号"这个名字。我父亲对她的行为略知一二，但在我看来，他并不是因为这些才抛下她的。父亲离开时，拿走了他所有的东西，只留下一把车钥匙，放在我母亲其中一摞家居装潢杂志上，此后数年，我母亲几乎就没有下过那辆车。她会坐在副驾驶座上，对窗外的风景评头论足："这是狼尾草*。""这个弓形窗不是美国式的。""法国常青藤不能和黑色的春蓼种在一起。""如果哪天我在前院种这种珍珠母色的玫瑰，拜托找个人把我杀了算了。"她花了很久才能够从车上下来。但是，今天下午，她的行为已经严重越界了。她坚持要自己开车。然后，她想方设法地混入这幢房子，

---

* 原文使用斜体，后同。——译者注（本书脚注若非另行说明，皆为译者注）

这间主卧。这会儿，她回到浴室，往浴缸里倒了两瓶浴盐，拿起梳妆台上的什么东西，把它们扔进垃圾桶。这时，我听到外面传来汽车引擎的声音，便从窗边探出头，朝后花园看去。天色已晚，但我还能看清：一个男人从车上下来，女人朝他走去，左手牵着孩子，右手打着各种手势。男人警觉地点点头，看向二楼。他看见我了。在他看见我的那一瞬间，我便意识到，我们必须赶紧离开。

"我们走吧，妈妈。"

她正在扯浴帘上的挂钩，我一把从她手中抢走那些挂钩，扔到地上，攥住她的手腕，推着她走向楼梯。我的动作相当粗暴，过去我从未这样对待过母亲。一股从未有过的无名火驱使着我。我母亲跌跌撞撞地跟着我走下楼梯。那两根树干就堆在楼梯底下，经过时我一脚将它们踢开。我们进了起居室，我拿上我母亲的钱包，跑出大门。

我们坐进车里，刚开到拐角处，我似乎看到另一辆车正从那幢房子开出来，它转了个弯，朝我们开来。我全力加速冲过之前那个泥地上的十字路口，我母亲问道："这是在发什么疯？"

我想知道她这是在问我，还是在问她自己。

她做了个抗议的手势，系上安全带，把钱包放在腿上，双手紧紧抓着门把。我告诉自己，冷静，冷静，冷静！我在后视镜中寻找另一辆车的踪影，但什么也没看见。我想跟我母亲谈谈，但一张口就忍不住咆哮。

"你到底在找什么，妈？所有这一切到底是为了什么？"

她一动不动，紧皱着双眉，径直望着前方。

"拜托，妈妈，为什么？我们到底在别人的房子里干什么？"

远处传来了救护车的笛声。

"你想要一间那样的起居室吗？你想要的是那个吗？还是大理石的厨房案台？那个被赐福的糖罐？那些无知的小孩？是那些吗？见鬼，你到底向往那些人家里的什么？"

我猛捶了一下方向盘。救护车的呼啸声越来越近，我死死地抓着方向盘，指甲几乎嵌入其中。我想起，在我五岁的时候，有一次，我母亲把一户人家花园里的马蹄莲全摘了，她走的时候忘了我还坐在花园的栅栏上，之后又没有勇气回来找我。我坐着等了很久，直到一个德国女人挥舞着一把扫帚从家里冲出来，才拔腿就跑。而我母亲开着车在两个街区间不停地兜圈子，我花了好久才找到她。

"都不是。"回答时，我母亲依然看着前方。在回程的路上，她没有再说一句话。

救护车在我们前方不远处拐了个弯，继续全速前进，与我们擦肩而过。

半个小时后，我们回到家。我们把东西放在桌上，脱下沾满泥的鞋。家里很冷，我进了厨房，看见我母亲闪身避过扶手椅，走进房间，坐在床上，探身去够取暖器的开关。我把水壶放在煤气上，准备泡点茶。我现在需要的正是这个，我对自己说，一点热茶。我坐在旁边等着。在我往茶杯里放茶包时，门铃响了。是那个女人，那个有三间起居室的大房子的女主人。我打开门，看着她。我问她是怎么知道我们住哪儿的。

"我跟着你们来的。"她说话时低头看着自己的鞋。

她的态度和在自己家中时不同，更怯懦，也更有耐心。我拉开纱门让她进来，但她犹豫着，不敢跨出第一步。我看了看街道两侧，没有看到一辆她这样的女人会坐的车。

"我没钱。"我说。

"不，"她说，"您放心，我不是为钱来的。我……您母亲在吗？"

我听到房门关上的声音。关门的声音很响，不过在街上是听不到的。

我摇摇头。她又低头看了一会儿自己的鞋。

"我能进来吗？"

我指了指桌边的一把椅子。她的鞋跟踩在地砖上，发出与我们的鞋跟不同的声响，她小心翼翼地移动着：我们家的空间比她家局促多了，女人似乎有些坐立不安。她坐了下来，交叉双腿，把手提包放在腿上。

"您想喝茶吗？"

她点点头。

"您母亲……"她开口。

我递给她一杯热茶，心想，她会说"您母亲又来我家了"，或者"您母亲问我，我怎么能付得起给所有椅子套上皮面的钱"。

"您母亲拿走了我的糖罐。"女人说。

她露出几乎带着歉意的微笑，搅动着手中的茶。她看了看那杯茶，但没喝。

"这听起来有点蠢，"她说，"但是，在我们家所有的东西里，只有这一件是我母亲留下的，而且……"她发出了一种奇怪的声音，听起来像在打嗝，她的眼中已经盈满泪珠，"我需要这个糖罐。请把它还给我。"

我们都沉默了一阵子。她躲避着我的视线。我望向后院，看到了她，我的母亲，于是，我试图转移女人的注意力，以防她也看见。

"您想要回您的糖罐？"我问。

"它在这儿吗？"女人说着，立马站起来，扫视着厨房案台、起居室和更远一些的房间。

但我仍忍不住想着刚才看到的那一幕：我的母亲跪在地上，藏在晾着的衣服后面，正把那个糖罐塞进院子新挖的一个洞里。

"如果您愿意，您可以自己找找。"我说。

女人一动不动地看着我，她花了几秒来思考我说的话。随后，她把包放在桌上，慢慢走远。她在躺椅和电视机间磕磕绊绊地走着，在堆在各处的一摞摞箱子之间穿梭，完全不知该从何处开始下手寻找。这时，我忽然意识到自己想要的是什么。我想要她翻乱一切。想要她移动我们的东西，一一检视、挪移、拆分。想要她把盒子里的一切都拿出来、移动、践踏、扔到地上，然后大哭。我想要我母亲进来。因为，要是我母亲此刻进来，要是她把新的战利品埋在地下，回到厨房，就会看到一个不像她一样有着多年窥探经验的女人，在一座没什么值得窥探的房子里到处翻找。这也许能给她带来一点安慰。

我的父母与我的孩子

"你爸妈的衣服呢？"玛尔迦问。

她交叉双臂，等着我的回答。其实她清楚，我不知道答案，也清楚我宁可她问点别的。在窗户外面，我的父母赤身裸体，正在后花园里互相追赶。

"马上六点了，哈维尔，"玛尔迦说，"等查利和孩子们从超市回来，看到爷爷奶奶像这样追追打打，那场面多难看啊！"

"查利是谁？"我问。

我想我知道查利是谁，就是我前妻新找的那个壮汉，但我希望她能亲口对我说清楚。

"看到爷爷奶奶这副样子，他们会羞愧死的。"

"他们病了，玛尔迦。"

她叹了口气。我在心里默默地数着羊，好让

自己静下心来，保持耐心，给玛尔迦一点时间。

我说："是你让孩子们来看爷爷奶奶，是你让我带着父母到这里来的，就因为你觉得这里，这个离我家三百公里远的地方，是个度假的好地方。"

"是你说他们的病情有所好转的。"

在玛尔迦背后，我父亲正拿着一支软管朝我母亲浇水。浇到胸部时，我母亲就托着胸。浇到臀部时，我母亲就撅着屁股。

"你知道让他们离开熟悉的环境后会发生什么，"我说，"自由的空气……"

到底是我父亲浇到哪里我母亲就托住哪里，还是我母亲托住哪里我父亲就浇到哪里？

"啊哈。也就是说，就因为我邀请你来跟你的孩子们一起过几天，我就得预料到你父母会兴奋成这个样子？顺便说一句，你已经三个月没见他们了。"

我母亲抓起玛尔迦的卷毛狗，把它举到自己的头顶，转着圈。我强迫自己把视线集中在玛尔迦身上，好确保她不会回头看他们。

"我想结束这疯狂的一切，哈维尔。"

"疯狂的。"我心想。

"就算这意味着你得少见孩子们几次……我没

法继续跟他们解释了。"

"他们只是没穿衣服，玛尔迦。"

玛尔迦向前走去，我跟在她后面。在我身后，那只小狗还在空中团团转着。开门前，她先对着玻璃整理了头发和衣服。查利来了，他是个又高又壮又粗鲁的家伙，就像一个刚把浑身肌肉练得鼓鼓的午间新闻播报员。我四岁的女儿和六岁的儿子挂在他的双臂上，就像两个儿童救生圈。查利小心翼翼地把他们放到地上，弯腰时他简直就像一只大猩猩。之后，他腾出空来，吻了玛尔迦一下。接着，他转向我，有那么一会儿，我担心他会不太友善。但他向我伸出手，露出微笑。

"哈维尔，这是查利。"玛尔迦说。

我能感觉到孩子们扑过来抱住我，捶着我的腿。我用力握住查利的手，他也握了握我的手，握得我身体都摇晃起来了。孩子们松开我，纷纷跑开了。

"你觉得这房子怎么样，哈维*？"查利说着，得意扬扬地看向我身后，仿佛他租下的是一座城堡。

---

* 哈维（Javi）是哈维尔（Javier）的昵称。

"哈维，"我心想，"真是疯了。"

卷毛狗夹着尾巴，呜咽着朝我们跑来。玛尔迦一把抱住它，小狗舔着她的脸，而她皱着鼻子嘀咕道："我的小乖乖……我的小乖乖……"查利侧过头看着她，可能只是为了表示不解。这时她突然转向他，警觉地问："孩子们呢？"

"他们应该在后面，"查利说，"在花园里。"

"我不希望他们看到爷爷奶奶那个样子。"

我们三人环顾四周，并没有看见他们几个的踪影。

"你看，哈维尔，我想要避免发生的就是这种事！"玛尔迦说着，急急跑开几步："孩子们！"

她朝房子后的花园跑去。查利和我跟在她身后。

"你们一路过来顺利吗？"查利问。

他一手做了个转动方向盘的姿势，假装在转弯，另一手则在加挡。他的每个动作都显得过于兴奋，甚至愚蠢。

"不是我开的车。"

他俯身捡起地上的玩具，把它们放到一边。这会儿他皱起了眉头。我有点担心，等我们到了花园，会看见我的孩子们与我的父母在一起吗？

不，其实我担心的是，玛尔迦看见他们在一起，之后她一定会大发雷霆。但花园里只有玛尔迦一个人，双手攥成拳头，又在腰间。她在等我们。我们跟着她进了屋。我们都是她最最卑微的臣民，这是我和查利之间的某种共同点，某种联系。他们一路过来真的顺利吗？

"孩子们！"玛尔迦在楼梯上喊。她有点生气，但还在极力克制，也许是因为查利还没见过她的另一面。她走回来，坐在厨房的一把凳子上："我们是不是该喝点儿什么？"

查利从冰箱里取出一瓶饮料，倒在三个杯子里。玛尔迦喝了几口，盯着花园看了一会儿。

"这很糟糕，"她说着，又一次站起身，"这很糟糕。现在他们可能在干任何事情。"现在她终于看向了我。

"我们再找一次。"我说。但话音未落，她已经朝后花园方向去了。

几秒钟之后，她回来了。

"他们不在，"她说，"上帝啊，哈维尔！他们不在那儿！"

查利从大门出去，穿过房前的花园，沿着汽车的车辙，一直找到了大路上。玛尔迦走上楼梯，在顶楼呼唤孩子们。我也出了门，在四周寻找。我经过车库，门开着，里面堆满了玩具、水桶和塑料铲子。在两棵树的枝桠之间，我看到了孩子们的充气海豚倒挂在一根树枝上，挂绳是用我父母的慢跑服改制的。玛尔迦从一扇窗户后探出头，我们的眼神交会了几秒钟。在找孩子的同时，她也在寻找我的父母吗？我穿过厨房的门，回到屋子里。这时，查利从正门进来，他从起居室对我喊道："他们不在前面！"

他的脸色不再友善了，眼下，他的眉心竖起了两道皱纹。他的行动过分积极，仿佛被玛尔迦操控了：他的平静在转瞬之间消失殆尽，此刻，他简直急得团团转，俯身检查桌子底下，探头查看壁橱后，还仔细搜索楼梯背面，仿佛孩子们真的会为了给我们一个惊喜而藏在那里。我觉得自己有义务盯着他，但这样我就没法专注于自己的搜寻工作了。

"他们不在外面，"玛尔迦说，"会回车上吗？去车那儿看看，查利。快去车那儿看看。"

我等待着，但她没给我任何指示。查利又跑了出去，玛尔迦则又上楼去房间查看。我跟在她身后。她进了一间明显是西蒙的房间，于是我进了莉娜的房间寻找。随后，我们交换房间，又搜索了一次。在我往西蒙床底下看时，玛尔迦开始骂娘。

"狗娘养的。"她骂道。想必她没找到孩子们，难道她找到我的父母了吗？

我们又一起检查了浴室、阁楼和主卧。玛尔迦打开壁橱，拨开衣架上挂的一件件衣服，搜寻着。橱里东西不多，一切都井井有条。这是一座夏天度假的房子，我心想。但随后我又想起了我的妻子和孩子们真正的家，那曾经也是我的家，我意识到，在这个家里一向如此：东西不多，一切都井井有条，在衣架间翻找总是徒劳无功的。我们听到了查利回来的声音，下楼和他在起居室碰头。

"他们不在车里。"他对我妻子说。

"都是你家两个老东西的错。"玛尔迦说。

她猛捶我一侧的肩膀，逼得我向后退了几步。

"都是你的错。该死，孩子们到底在哪儿？"她叫嚷着，又一次朝花园跑去。

她一边跑一边喊着孩子们的名字。

"灌木丛后面是什么？"我问查利。

他看看我，又看看我妻子，她还在呼唤孩子

们的名字。

"西蒙！莉娜！"

"有人住在灌木丛后面吗？"我问。

"我想没有。我不知道。有庄园。有田地。这里的房子都很大。"

也许他确实有理由感到疑惑，但我觉得他是我一生中见过最蠢的男人。玛尔迦回来了。

"我要去前面看看，"她说着，把我们推到两侧，从中间穿过，"西蒙！"

"爸！"我跟在玛尔迦后面叫，"妈！"

玛尔迦走在我前面几米，突然，她停下脚步，从地上捡起什么来。是个蓝色的东西，玛尔迦小心翼翼地用指尖捏着它，仿佛那是只死去的动物。是莉娜的连体裤。她回过头看着我。她要说些什么了，又要破口大骂，把我骂得体无完肤，但这时，她看到前面还有一件衣服，便赶忙朝前跑去。我感觉到查利高大的身影出现在我背后。玛尔迦拾起莉娜的紫红色 T 恤，再前面还有一只她的鞋，然后是西蒙的衬衫。

地上还散落着更多衣服，但玛尔迦冷不丁地停住了，她转向我们。

"报警，查利。立刻报警。"

"宝贝儿，不至于吧……"查利说。

"宝贝儿。"我心想。

"叫警察，查利。"

查利转了个身，窘迫地朝屋子走去。玛尔迦将更多的衣服捡拾起来。我跟在她身后。她又捡起一件衣服，然后，在最后一件前面停住了。那是西蒙的紧身短裤。黄色的，皱巴巴的。玛尔迦一动不动。也许她没法弯下腰去捡这条短裤，也许她没有足够的力气。她背对着我，身体开始颤抖。我慢慢地靠近，试图不吓到她。那是一条很小的紧身裤，小得可以套在我的手上，四个手指从其中一个洞口穿过，大拇指从另一个洞口穿过。

"警察一分钟后就到，"查利从屋里出来，说，"他们会派一支巡逻队来。"

"我要把你和你的家人……"玛尔迦边说边靠近我。

"玛尔迦……"

我捡起地上的紧身短裤，这时，玛尔迦朝我扑来。我想站稳，却一下子失去了平衡。她对着我的脸猛扇耳光。查利冲上来，试图把我们分开。巡逻队的警车鸣着警笛在门口停下，两个警察迅速跳下车，跑过来帮助查利。

"我的孩子不见了，"玛尔迦说。"我的孩子不见了……"她边说边指着挂在我手上的短裤。

"这位先生是谁？"警察问。"您是她的丈夫吗？"他们又问查利。

我们试图解释。出乎我的意料，不管是玛尔迦还是查利都没有指控我。他们只说孩子不见了。

"我的孩子失踪了，跟两个疯子一起！"玛尔迦说。

但警察只想知道我们为什么在打架。查利的胸口剧烈地起伏着，有那么一瞬间，我担心他会朝警察扑去。玛尔迦在几分钟前已经放开了我，现在我也学着她的样儿，将两只手顺从地垂在身侧，但这个动作引起了第二个警察的注意，他警觉地看着挂在我手上的紧身短裤。

"您在看什么？"查利问。

"什么？"警察问。

"您从下车起就一直盯着那条短裤看。需不需要我再强调一次，有两个孩子失踪了？"

"我的孩子！"玛尔迦强调。她站在其中一个警察面前不停地重复，想让他们将注意力集中在最要紧的事上："我的孩子，我的孩子，我的孩子！"

"您最后一次看到他们是什么时候？"终于，那个警察问道。

"他们不在家，"玛尔迦说，"他们被人带走了。"

"谁把他们带走了，女士？"

我摇摇头，想要插话，但警察抢过了话头。

"您是说孩子被绑架了？"

"他们可能和爷爷奶奶在一起。"我说。

"和两个赤身裸体的老家伙。"玛尔迦说。

"那么，这件衣服是谁的，女士？"

"是我的孩子的。"

"您是说，孩子和大人在一起，都没穿衣服？"

"拜托！"从声音判断，玛尔迦已经很疲惫了。

这是第一次，我问自己：你的孩子跟你的父母在一起，光着身子，这到底会有什么危险？

"他们可能藏起来了，"我说，"现在还不能排除这种可能性。"

"请问您是谁？"一个警察问，与此同时，另一个警察正用对讲机呼叫总部。

"我是她丈夫。"我说。

这下，警察们开始盯着查利看了。玛尔迦又站到他们面前，我担心她会否认我刚才说的话，但她只是说："拜托，我的孩子，我的孩子，我的孩子！"

第一个警察放下对讲机，走向我们。

"孩子的父母跟我们上车，这位先生……"他指指查利，"……留在家里，万一孩子们自己回家了。"

我们看着他。

"上车，快点。我们要尽快行动。"

"没门儿。"玛尔迦说。

"拜托了，女士。我们要确保孩子们没跑到公路上去。"

查利把玛尔迦推向警车，我跟在她身后。我们上了车，我关上车门，车子发动了。查利站在车后看着我们，我在心里问自己，我的孩子是不是也曾这样坐在后座上，而他载着他们，行驶了三百公里，兴高采烈地来到这里。警车向后倒了倒，之后出发全速向公路驶去。这时，我回头朝那座房子看了一眼。我看到了他们，四个人都在，就在查利背后，在房前花园的尽头，我的父母与我的孩子，四个人都赤身裸体，浑身湿淋淋的。他们正从起居室的窗户往外看。我的母亲把她的胸部紧贴在玻璃窗上，莉娜着迷地看着她，模仿着她的动作。他们开心地叫嚷着，但我听不见他们的声音。西蒙学着她们俩，把自己的两瓣屁股紧贴在玻璃窗上。我手中的短裤被某个人扯下，玛尔迦开始大骂警察。对讲机发出阵阵杂音。车上的警察向总部报告时说了两次"成年人和未成年人"，一次"绑架"，三次"赤身裸体"，与此同时，我的前妻不停地用拳头捶着驾驶座的靠背。我对自己说："别开口""一个字也别说"。因为我注意到，我的父亲正朝我们看过来，他饱经沧桑的身躯被阳光镀成了金色，他的生殖器松松垮垮地垂在两腿之间。他露出了胜利的微笑，似乎认出了我。他拥抱了我的母亲和我的孩子，缓缓地，热忱地，并没有将任何人从玻璃前拉开。

我的父母与我的孩子

家中惯例 *

　　威曼先生正在敲我家的门。我已经熟悉了他的拳头重重地落在门上的声音，每一下都很慎重，一直响个不停。于是，我把手中的碗放回水槽，朝花园望去：果然，衣服又被扔了一地。我暗想，事情怎么总像这样依次发生，连最反常的事也不例外。思考时，我在脑中谨慎地搜索着恰当的词语，精准地调整着词序，仿佛要把自己的所思所想大声说出来似的。洗碗的时刻最适合思考，一打开水龙头，我就能理顺脑中凌乱的思绪。然而，顿悟一闪即逝，要是我关上水龙头，准备把它记下来，所有的词句就消失了。这时，威曼先生的敲门声又响了起来，甚至比刚才更响。威曼先生

---

　*　原文一气呵成，没有分段。译文遵循了原文的格式。

并不是一个暴躁的人，他只是个可怜的邻居，被妻子折磨，不知生活该如何继续，但是，他仍艰难地与命运做着斗争。威曼先生的儿子去世时，我参加了悼念仪式，当我向他表示慰问时，他冷冰冰、硬邦邦地抱了我一下，跟其他几位客人聊了几分钟后，才回来低声对我说："我刚知道是哪些孩子弄翻的垃圾桶。已经没必要为这事操心了。"他就是这样的人。只要他妻子把死去儿子的衣服丢进我们家的花园，他就会来敲门，把那些衣服一一捡走。我儿子——按理说他已经能算是家中的男主人了——说他们简直疯了。这事每两周就会发生一次，每当威曼先生来敲门，我儿子就会表现得很不耐烦。而我得去开门，帮他把衣服捡回来，拍几下他的背，在他保证没什么大问题、都已经解决好了的时候点点头。但是，他离开不到五分钟，我们就能听到他妻子的咆哮。我儿子觉得，肯定是威曼太太打开衣柜，又看到了儿子的衣服，才大发雷霆。"他们是在耍我们吗？"每当这轮混乱再次重演，我儿子就会说，"下次我就把这些衣服全都烧了。"我穿过玄关，威曼先生站在门口，右手搭在额头上，几乎遮住了他的眼睛。看到我出现，他疲惫地放下手臂，开始道歉："我本不想来麻烦您，但……"我打开门，他走进屋，熟门熟路地走向花园。他走开后，我从冰箱里拿出新鲜的柠檬汁，倒在两个杯子里。透过厨房的窗户，我能看到他在草坪上四处搜寻，绕着天竺葵捡起散落一地的东西。我走了出去，带上了纱门，因为我不想打扰他的收集工作，想为他保留一点隐私。我慢慢地靠近他。他直起身，手中拿着一件毛衣。他的另一条胳膊下夹着一大摞衣服，看来他已经把地上的衣服都捡起来了。"这些松树是谁修剪的？"他问。"我儿子。"我回答。"修得很好。"他说着点了点头，望着那排树。那是三棵矮小的松树，我儿子将它们修剪成了圆柱形，虽然有一点人工的痕迹，但我得说，非常独特。"喝杯柠檬汁吧。"我说。他把衣服都夹在一条胳膊下，我把杯子递给他。时间还早，太阳还不是很晒。我用余光看着我们的水泥长凳，就在前面一点，现在这个时间坐在上面不冷不热，坐一会儿就能忘掉几乎所有烦恼。"威曼……"我说。我叫他"威曼"，是因为这听起来比"威曼先生"更亲切一点。我想说："听我一句，把衣服扔了吧，这是您妻子唯一的愿望。"但谁知道呢，也许把衣服扔出来的是他自己，事后他又后悔了，这样的话，就是他在折磨他的妻子，每次都看见他把这些衣服找回家，威曼太太该有多难受啊。也许他们已经把所有的衣服装进一个大袋子，试图把它扔掉，但清洁工又找上门来，把衣服还给了他们，就像上次他把我儿子的旧衣服还回来一样。"女士，您为什么不把这些衣服捐掉呢？要是我把它们装上垃圾车，这些衣服就派不上任何用场啦。"那袋旧衣服至今还堆在洗衣台上，这周总得想办法把它扔到什么地方去，得尽快。威曼等待着，等待着我开口。阳光照亮了他长长的、稀疏的白发，他两颊边花白的胡须和他清澈而忧郁的双眼——这双眼睛在他脸上显得格外的小。我什么也没说，我相信威曼先生能猜到我想说什么。有那么一会儿，他垂下了目光。之后，他一边喝柠檬汁，一边盯着自己家的方向，一棵女贞树隔开了两家的花园，树后就是威曼先生的家。我想说点有用的话，告诉他我看到了他的努力，再笼统地提出一些乐观的对策。他转过头来看着我。看起来，他似乎能预知这场尚未开始的谈话的未来走向，正打起精神，试图理解。"如果有什么东西没地方放……"我说到一半，未说出的字消逝在空中。威曼点点头等待着。上帝啊，我心想，我们正在对话。这个男人十年前曾把扎破的球拿来还给我儿子，还曾剪掉我家的杜鹃花，就因为它们越过了两家之间根本不存在的分界线，如今，我竟然在和这个男人对话。"如果有什么东西没地方放……"我看着他胳膊下的衣服，重新拾起话头。"请说。"威曼先生说。"我不知道具体是什么东西，但是，如果是这样，就需要挪动其他东西，腾出位置来。"要腾出位置，我心想，所以，要是有人能把洗衣台上的那袋旧衣服拿走，我会很高兴的。"是的。"威曼明显是想我继续往下说。我听到有人进门的声音，威曼也许不会在意，但对我来说，那声音意味着我儿子安然无恙、饥肠辘辘地回到了家。我朝长凳跨出一大步，随即坐下了。我想，被晒得暖烘烘的水泥长凳或许对威曼先生也有好处，于是我为他腾出了一点位置。"把衣服放下吧。"我对他说。他乖乖地照办，四处寻找放衣服的地方。威曼能做到的，我想，当然能做到。"放在哪儿？"他问。"放在那排树边上吧。"我说着，指了指那几棵矮松树。威曼先生照我说的放下了衣服，拍了拍沾在手上的草叶。"请坐。"他坐了下来。现在，我该对这位老人说什么呢？他身上的某种东西鼓舞着我，促使我继续。这种感觉就像我把手放在水龙头下，感受着水从手上流过，这种平静让我能挑选词语，整理词序，让每件事情按照既定的顺序井井有条地发生。威曼似乎越来越期待我开口，仿佛在等我下达行动指令。这是一种权力，也是一种责任，让我不知如何是好。他清澈的双眼湿润了，这令我确定，我们之间确实有一种不同寻常的默契。我肆无忌惮地打量着他，没给他留下丝毫私人空间，因为我不敢相信这种默契真的存在，也不能承受这份默契的重量。我已经让威曼先生坐下了，现在我想说些什么来解决问题。我将柠檬汁一饮而尽，同时搜肠刮肚，想找到一句响亮、有效的咒语，或一句对所有人都好的口号，例如："您扎破了几个球，就给我儿子买几个，事情就了结了"，"要是您哭的时候不把柠檬汁放下，您的妻子就不会再扔衣服了"，或者"晚上把这些衣服扔在松树顶上，要是第二天是个晴天，问题就能解决"。上帝啊，凌晨时分，抽一天最后一根烟的时候，我也可以把旧衣服扔掉，我应该把旧衣服和其他垃圾混在一起，这样清洁工就不会上门还衣服了。我就应该用这种方式处理我儿子的那些旧衣服，这周就行动。快点说些什么来解决问题。为了不打乱刚才的思路，我又一次对自己说。我已经说过很多话了，这些话起到了它们的作用。靠着这些话，我留住了儿子，赶走了丈夫，而这些都是我在洗碗的时候在脑中组织的。此刻，在我的花园里，威曼已经喝完了杯中的柠檬汁，他的双眼中不再有泪水，仿佛刚才的眼泪是被酸出来的，或许这杯柠檬汁对他来说太酸了，我想。或许有时起作用的并不是言语本身，有时，把在脑中组织好的言语说出来这件事本身就是不可能的。"是的。"几秒钟前威曼先生说，这个"是的"意味着"继续说"，意味着"请讲"。此刻，我们两人坐在一起，坐在水泥长凳上，身侧各放着一只空杯。此时我脑中忽然浮现了一幅画面，产生了一种期待，我希望我儿子打开纱门，向我们走来。他光着脚，年轻的身体有力地踩着草坪。他气我们，气这个家，气这个一切都千篇一律、按同样的顺序反复发生的家。他向我们走来，身躯越来越显伟岸。他体内充满了力量，威曼和我等待着他的到来，毫无畏惧，甚至有些渴望。他高大的身躯有时会让我想起我丈夫，我忍不住闭上双眼。他离我们只有短短数米的距离了，他的身影几乎将我们遮没。然而他没有碰我们。我又睁眼看了一眼，我的儿子转身走向了矮松树。他愤怒地抓起树下的衣服，把它们统统塞进一个袋子里，随后，一言不发地沿着来路返回了。他背光的身影渐行渐远，越来越小。"是的。"威曼说着，叹了口气。这不是他第一次重复"是的"。这个"是的"更具有开放性，让人不禁幻想。

空洞的呼吸

列清单是计划的一部分：洛拉担心自己已经活得太久，而她之前的生活又太过平淡无奇，不足以应对生命即将消失这个事实。她总结了几个朋友的经验，得出结论——即便已步入晚年，死亡依然需要致命一击。某种肉体上或情感上的推动。而她自己根本无法做到这点。她想死，但每天早晨她仍会醒来，这是不可避免的。她所能做的，只有尽力朝那个方向安排一切，逐渐缩短自己的生命，削减自己的生存空间，直至它完全消失。这就是她为什么需要这个清单，这样她就能专注于真正重要的事情。每当她打消了这个念头，或者偶然改变主意、分心、忘记她在做什么了，她就会看看这份清单。这是一张很简洁的清单：

把所有物品分门别类。

捐献非生活必需品。

打包重要物品。

专注于死亡本身。

不理会他的干预。

清单可以帮她厘清头脑，但却没法改善她糟糕的身体状态。她现在站五分钟就受不了，而且，脊柱问题还不是她唯一的困扰。有时，她会突然上气不接下气，需要吸入比平时更多的氧气。在这种时候，她会尽全力大口吸气，呼气时，她会发出一种低沉、刺耳的声音，这声音太怪异了，她始终不能接受那是她发出来的。要是晚上她从床上起来，走去厕所，或者从厕所走回床边，在一片漆黑中，那声音听起来就像是一只史前生物正对着她的后颈呼气。这声音产自她的肺部深处，是生理需求的必然结果。为了掩盖这个声音，呼气时，洛拉会吹口哨，那是一段掺杂着苦恼与无奈的旋律，充满怀旧感，慢慢地，这旋律也成了她的一部分。重要的事情都在清单上了，每当她情绪低落、不想动弹的时候，她就这样对自己说。除了那些，一切都无关紧要。

*

　　他们在沉默中共进早餐。他准备好所有食材，按洛拉喜欢的方式烹调。用全麦面包烤的吐司，两种水果，切成小块后拌在一起，分成两份，一人一份。桌子中间放着糖和白奶酪。她的咖啡杯旁放着低卡路里的橘子果酱；他的咖啡杯旁放的则是红薯味的果酱和酸奶。报纸是他订的，但她会看其中的健康和福利专栏。他把报纸对折，放在餐巾旁，便于她早饭后阅读。要是她在手中握着黄油刀的时候看他一眼，他就会把吐司盘推到她手边。要是她盯着桌布上的某个点出神，他就随她去，因为他知道她正在想一些他无法干预的事。她看着他咀嚼、喝咖啡、翻阅报纸。她盯着他不再充满男子气概、不再白皙细腻的手，盯着他锉得过分短平的指甲，盯着他业已稀疏的头发。她对他的外表没什么想法，也不做任何评价。她只是看着他，用那些她从未仔细计算过的数字来提醒自己："我已经跟这个男人结婚五十七年了"，"这就是我现在的生活"。吃完早餐后，两人把餐具放进水槽。他会给她搬来一张凳子，让她坐在上面，这样，她洗碗的时候就可以把手肘搁在水槽边，不用弯下腰了。他当然可以负责洗碗，但她不想欠他什么，所以他也只好由她去了。洛拉慢慢地洗着碗，想着当天的电视节目表和她的清单。她把那份清单对折后放在围裙口袋里，打开时纸面中央会有一道十字凹痕。她知道这张纸很快就要破了。有时候，在今天这样的日子里，洛拉还需要更多的时间，洗完碗之后，她会察觉到自己还没做好准备迎接新一天，于是，她会反复擦拭小勺上金属和塑料之间的污垢，挑出糖罐最上层因为接触到水分而结块的糖，清理氧化了的水壶底座，除去水龙头旁的水垢。

有时候，洛拉也会亲自下厨。他会帮她把凳子搬到厨房里，准备好她指定的食材。她不是不能走动，如果真有什么重要的事，她也能走，但脊柱的毛病和情绪的问题使她不管做什么都十分费劲，所以她宁愿省下这个力气，等到他没法帮她了，再亲自上阵。他负责缴税、修整花园、采购，以及发生在家门外的所有事情。她会列好清单——另一张清单，购物清单，他采购时就照着买。有时漏买了东西，他就得再出门一趟；有时多买了东西，她又会质问那是什么，花了多少钱。

有时候他会买一种巧克力饮料，是粉状的，

可以用牛奶冲泡。他儿子在生病前常喝这种巧克力。他们的儿子多年前就已经去世，那时他甚至还没长到食品柜那么高。随着儿子的离世，他曾为他们带来的一切全都消失了。对她来说，失去儿子就意味着失去了整个世界。她把食品柜里的玻璃杯全部砸在地上，光着脚踩在玻璃碴上，血从厨房流到浴室，从浴室流到厨房，又从厨房流到浴室。直到他回来，才设法使她平静下来。从那以后，尽管并不划算，但他买的巧克力饮料都成了小包装的，每份二百五十克，装在一个硬纸盒里。巧克力饮料不在她列的购物清单上，但她从不提他买巧克力的事。他把巧克力饮料放在食品柜顶层，藏在盐和其他调料后面。某天，她发现他在一个月前藏起来的盒子不见了。她从没见他冲泡过巧克力粉，事实上，她完全不明白这些巧克力粉为什么会消失，但她宁愿不去问他。

他们吃的都是健康食品，都是洛拉坐在电视机前，根据电视上的建议精心挑选的。他们每天早餐、午餐和晚餐吃的食品都在电视上打过广告，据称，这些食品富含维生素，低卡路里，还是非转基因食品。有时——尽管不太常见——她会让他买一件新产品，等他回到家，她会翻遍所有袋子，找到那件新产品，坐在窗边就着光线仔细阅读它的成分说明。她很清楚，健康的食品中应该含有哪些成分，又不该含有哪些成分。优秀的医生和营养学家经常在电视上提醒观众要关注食品的成分，十一点的节目里的彼得森医生就是其中一员。要是洛拉发现某种食品中有可疑的成分，或者不符合广告里的描述，她就会拨打客服热线，向负责人投诉。一次，接到投诉后，那家公司没有退钱给她，而是在第二天寄来了一箱奶油桃子味的酸奶，一共二十四盒。那周他们已经买了足够多的酸奶，酸奶的保质期又很短。所以，每当她打开冰箱，看到酸奶占据了如此多的空间，就不禁苦恼。要是他们不能及时喝完所有的酸奶，就得眼睁睁地看着它们过期。她对他提了好多次，向他说明这件事的复杂性，希望他明白，他必须做些什么，因为她对此已经无能为力。一天下午，她终于忍不住爆发了。其实也没发生什么特别的事，就是每次打开冰箱时都能看见那些酸奶，她再也忍受不了了。那天吃完午饭后她独自喝了咖啡。尽管事后意识到自己竟为这么一件小事大发雷霆，她暗暗感到羞愧，但一想到自己找不到任何解决方法，又缺乏抗争的手段，她就感到愤怒。

最后，他把那些酸奶都处理掉了。她什么都没问，只是把凳子搬到冰箱前，打开冰箱门，用凳子顶住，然后，坐下来，擦拭冰箱隔板，重新整理存放在里面的东西。为了掩盖她呼吸时发出的低沉、刺耳的声音，她一边做着大幅度的动作，一边吃力地吹着口哨。

*

她并非只通过新闻来了解天下大事，通过厨房的窗户，她也能观察外面的世界。他们居住的街区变得越来越危险。越来越穷，越来越脏。他们这条街上至少有三座已无人居住的房子，房前的花园里杂草丛生，满是损毁了的信件。到了晚上，只有街角的路灯还会亮，但光线被树荫掩盖，只能照亮一小块区域。总有一群明显是瘾君子的年轻人，整晚整晚地坐在离她家仅有几米开外的街沿上，直到天明。有时他们会大喊大叫，扔酒瓶子。前几天，这群人还从她家栅栏的一头跑到另一头，撞得铁栅栏像木琴一样叮当作响，那时候夜已经深了，她正准备入睡。于是，她呼唤睡在另一张床上的他，想让他起来管管。叫了好几次他才醒。他起身坐在床头，并没有出去跟那群人交涉。两人沉默着，听着外面的动静。

"他们会把栅栏弄坏的。"她说。

"他们只是孩子。"

"正在破坏我们的栅栏的孩子。"

但他依然没有从床上起来。

栅栏自然是新邻居搬进来之后才装的。一周前，有人搬进了他们家隔壁的房子。那天，一辆装满东西的卡车停在了那幢房子门口，车子一直没有熄火，也没有人从车上下来。洛拉放下了手中的活儿，在窗前观察着。她对自己说，要小心行事：仅从这家人的样子判断，并不能确认这幢房子是他们买下的还是租的。终于，卡车的一扇门打开了。洛拉长长地吐了一口气，她感到非常苦涩，就好像这家人在那十五分钟里一直在犹豫，不知道到底要不要毁掉她的一天，最终他们决定：毁掉它。先从车上下来的是一个苗条的女人，从背影判断，她一时误以为那是个年轻女孩，因为她披散着长发，穿着也很随便，女人关门时她才看清，对方差不多有四十岁了。卡车熄火了，车门又一次打开，下来了一个十二三岁的男孩。与此同时，一个魁梧的、穿着蓝色工装裤的男人从另一侧车门走了下来。这家人没带多少东西，也许房子本身就是带家具的。她看到他们从车上抬下两张单人床垫、一张桌子、五把椅子——所有的东西都不配套——还有十几个袋子和行李箱。男孩负责搬运零碎的物品。女人和男人负责搬运剩下的东西，他们时不时就如何卸下和挪动它们讨论一番。最后，他们总算把整辆卡车上的东西都搬了下来，男人连招呼都没打，就把车开走了，在把车窗摇上去之前，他甚至都没做个告别的手势。

那天晚上，洛拉和他说了这件事，试图让他明白搬来的这家人对他们来说是个麻烦。两人争论了起来。

"你为什么对别人有这么多偏见？"

"总得有人操心这个家啊。"

*

洛拉家的后院里有一块稍稍比地面高的小园子。他在小园子的尽头划分出一块区域，种了两棵李子树、两棵橘子树和一棵柠檬树，他还开辟了一个小菜园，在里面种植番茄和香草。他下午会在那儿劳作几个小时。那天，她想要叫他，便从厨房的窗户探出头，正好看见他蹲在将他们家与邻居家分隔开的木栅栏旁。他在和一个站在栅栏外的小男孩说话。可能就是新邻居家的孩子，但她不是很确定，因为从她的位置很难看清楚。那天晚上吃饭的时候，洛拉一直等着他主动解释当时的情况。这是一件新鲜事，而所有的新鲜事都应该在吃晚饭的时候被提及。这是他的工作，通报每天的新鲜事，而晚饭时间又是一个再理想不过的时机，所以，洛拉才会在晚饭时间关掉电视，并且询问他这一天过得怎么样。于是，洛拉等待着。她又一次听他讲了那个老掉牙的波克的女朋友的事，他经常会在银行遇到她。她又一次听他发表了关于超市的评论，他明知道，自从发生了那场意外，她再没有踏进超市一步，也不想再听到任何和那个地狱般的地方有关的事。她还听他讲了市中心在清理下水道，所以实施了交通管制，部分街道无法通行，他还说了他对这件事的看法，其实就算他不说，她也能猜到，他对所有事的看法都如出一辙。但是，对于那个男孩的事，他却只字未提。她暗想，也许这不是两人第一次在她家后院交谈，这个想法令她顿时警觉起来。

接下来的几天里，她时刻保持警惕，她发现，只要他一走向后院，男孩就会跑过来。看到他们在一起，她很不好受，总觉得有哪里不对劲，就像看到那二十四盒奶油桃子味的酸奶占据冰箱的空间一样。

一天下午，他正在菜园劳作，男孩又出现在了栅栏的另一边，他坐在一张凳子上。他们的凳子。男孩说了些什么，两人齐声大笑。一次，她正好站在窗边，站在窗帘后，她突然想起了那些巧克力饮料，顿时一惊。她意识到，有什么正在逐渐脱离她的掌控，这是她迄今为止从未考虑过的情况。她走到厨房，打开食品柜，挪开盐和调料瓶。那盒巧克力饮料已经开封，没剩下多少了。她想把盒子拿出来，又意识到事情没那么简单。厨房是她的领地。厨房里的一切都是按照她的要求打理的，这个家的厨房完全在她的掌控之下。但巧克力饮料却和其他东西不同。她摸了摸包装上的画，看了看后院。她什么也做不了，也无法说清自己当下的感受。她关上食品柜，出来时随手带上了厨房的门。她一路走到起居室，跌坐在扶手椅中。她的动作很缓慢，但那已经是她的身体所能允许的极限了。她把手伸进口袋，摸到了那张清单。万幸那张清单还在那里。

*

　　有时候，在天气足够干爽、温度也足够适宜的情况下，她也会去房前的花园查看他们种的芝麻、风铃草和杜鹃花。他负责给家里所有的植物浇水，但房前的花园是他们家的门面，街上行走的人都能看见，需要更加精心的照料。所以，她会尽心照顾这些花草，检查土壤的湿度，修剪花朵。那天上午，她正好在花园里，隔壁的女人和男孩从小径上走过。女人微微点头向她示意，但洛拉没有勇气回应。她呆呆地站着，看着他们走过，两人都穿着大衣，背着背包。她需要评估一下这种新形势，这意味着，要是她在这个时间点出来料理植物，就有可能碰到他们。她需要更多的空气。她深深地吸了口气，照着医生教她的方法控制着呼气的速度。她回到家，关上门，插上插销，跌进扶手椅。她知道，这种情况很危险。她专注于呼吸的节奏，好不容易才平静下来。之后，她在身下摸索了一会儿，用遥控器打开电视。不管怎么说，还是应该遵照清单上的计划行事，她心想，应该继续把所有东西分门别类地打好包。她剩下的时间已经不多了。她知道自己大限将至。熟食店的女人也知道。有时候她连做饭的力气都没有，就会打电话叫熟食店送晚饭来。送水工也知道。她订购了五升矿泉水，储备在厨房里，送水工来送货的时候，她对他说了自己的情况。她向他们解释自己呼吸的时候为什么会那样，她的肺部充氧机制有什么问题，会造成哪些影响，会带来哪些危险。有一次，她还给送水工看了自己的清单，送水工似乎深受震撼。

但事情还是不对劲：日子还在继续。这是为什么呢？她的目标已经如此清晰，但她每天仍会醒来。这很不寻常，也很残酷。洛拉开始考虑最糟糕的可能性：或许实现死亡需要付出很大的努力，而她还没有做好准备。

*

几年前，负责去超市采购的还是她，一次，她在化妆品货架上找到了一款几乎不含添加物的护手霜。除此之外，这款护手霜还含有真正的芦荟精华，只要一打开盖子，就能闻到那股清香。

她花了不少时间和金钱，尝试过好多不同品牌的护手霜。现如今，她要求他购买另一款护手霜，价格是原来那款的一半，质量相当糟糕。她可以要求他购买原来她用的那款，并不需要为此加以解释，但这样一来他就会知道她曾经在护手霜上花了多少钱了。她有时候还挺怀念这些小东西的，因为她再也不会去超市了，而他明知道她讨厌听到和超市有关的事，还非要在晚饭时讲个不停。自从发生了那次事故，自从经历了那个不吉利的下午，她就发誓再也不去超市。那次事故对她来说是为数不多的、至今仍历历在目的记忆，每次想起来，她就感到羞愧难当。他也还记得吗？他是不是只知道他赶到现场时看到的情况？还是说，目击者们已经把事情原原本本地告诉他了？

*

她看了看钟。此刻是凌晨三点。他正睡在她身旁的床上，一起一伏地呼吸着。他并没有打呼，但他的呼吸很沉，分散了她的注意力。洛拉立马意识到，自己别想再睡了。她睁着眼睛躺了一会儿，直到积攒起足够的力气才开始活动。她穿上睡袍，走进厕所，在马桶上坐了好一会儿。她想了想自己能干些什么：洗脸、刷牙或者梳头？但是她知道，自己现在并不想做这些事。她离开厕所，走向厨房。穿过走廊时她并没有开灯，在黑暗中，她隐约看到了他收藏的《国家地理》杂志，还有存放床单和浴巾的柜子。站在厨房门前，她问自己，来厨房到底是为了什么。她走进厨房，找出火柴，点燃煤气灶。随后，她关了火。她打开食品柜上方的灯，拉开几扇柜门检查了一番，以确保当天的食物储备充足。她挪开调料瓶，看到了那盒巧克力粉，是新的，还没有拆封。她感受着自己的呼吸——依然平稳；她体会到一种前所未有的迫切感——必须有所行动，但她还没想明白具体该做些什么。她斜倚着灶台，平静地呼吸着。门前的花园隐藏在一片夜色之中。街上两盏路灯中的一盏已经坏了。她看到了一辆车，然后，她注意到，邻居家门前小径的灯也是关着的。一个黑影在街上移动，几秒钟之后，这个黑影出现在了她家的花园里，就在正对厨房的那棵树后。洛拉屏住呼吸。她迅速向后退了一步，伸手按下墙上的开关，关了灯。面对这种紧急事态，她的身体变得敏捷起来，行动时也没有一点痛苦，但她选择不去关注这些。她在黑暗中屏息凝神，紧盯着那棵树。她就这样等了好一会儿，慢慢地，她放松下来，直到确信外面并没有任何人，才安心地开始大口呼吸。就在这时，背着光，她看到，有人正试图把自己藏在黑色的树干后。毫无疑问，外面有人。她孤身一人在厨房里，努力地维持呼吸、挺直身体；他却仍然沉浸在梦乡中。她思索了一会儿。此刻，她离那盒巧克力粉是那样近，不需要再多走一步就能够到它。就在这时，她忽然想到，来者可能是隔壁家的男孩。她把窗稍稍拉开了一些。对面的狗在栅栏后吠叫着。数秒过后，黑色树干后的身影仍一动不动。于是，她朝后退了五步，走到厨房门边，在这个位置上，她还是能看到那棵树。她拿起对讲机，按下通信键。她呼吸时发出的尖啸声通过窗户，从花园外传了进来。她挂了电话，但颤抖的手仍然攥着听筒。过了一会儿，犬吠声渐渐停止了。

*

超市那件事发生在一个很热的日子里。那天的事洛拉已经有些记不清了，但有一点她记得清清楚楚。她晕倒是因为太热了，而不是因为发生了那件事。结果医生来了，救护车也来了，场面过于夸张，令她不免感到羞耻。超市的收银员和保安认识她那么多年了，每周她起码要和他们打两次照面，她原指望他们在那种情况下能更支持她一点，但他们只是静静地看着，目瞪口呆、一脸蠢相，仿佛从没见过那种场面一般。现场还有一些她看着很眼熟的顾客，还有一些邻居，他们先是看着她倒在地上，然后又被抬到担架上。她并不是个健谈的人，和这些人也没有建立什么真正的友谊，事实上，她也并不想和他们成为朋友。正因如此，发生的一切才让她感到羞愧，因为她根本没有机会向那些人解释事情的原委。一想到这点她就觉得痛苦，回想起那天的细节，她更是难受，当他们把她抬进救护车时，她闭上了眼睛，不想知道车上那两个医护人员是怎么看她的。他们——他和医生——让她在医院住两天，做例行检查。他们给她做了一大堆的化验和检查，却从来没问过她的想法。他们填写各种表格，对她做各种各样的解释，显得格外殷勤，然而，事实上，他们只是在浪费她的时间，损耗她的耐心，尽可能地收取更多的医疗费用。她很清楚事情到底是怎么回事，但她既没有发言权也没有选择权，一切都是他说了算，而他又是那么的天真，那么的顺从。确实，有些事情洛拉已经记不清了，但这一点，她记得清清楚楚。

*

昨晚有人闯入了花园。早上，他刚把她叫醒，她就迫不及待地把这件事告诉他。昨天晚上，她把电视机调到静音，看着看着就睡着了。此时此刻，屏幕上，有两个女人正在一个宽敞明亮的厨房里烹饪一只鸡。她一直觉得坐在扶手椅里很舒服，但现在她却不这觉得了。她感到浑身疼痛，连动一下都很困难。他既没有问她是不是在那儿睡了一晚，也没有问她到底发生了什么，他只想知道她有没有吃药。她没有回答。于是，他把药盒拿了过来，又递给她一杯水。他一直看着她，直到确保她吃了药。吃完最后一颗药后，她说："我跟你说了，昨晚花园里有个人。你应该去检查一下，看看是不是一切正常。"

他看了看外面的街道。

"你确定？"

"我看到他了。躲在树后面。"

他套上夹克，走了出去。她通过窗户注视着他。他沿着小道向栅栏走去；他在那棵树旁停住了，从那儿朝街上看去。她觉得他没有遵照她的指示好好检查。他什么都做不好，她想，这个男人活了一辈子，一直就是这样，而且，现在她得完全依靠这个男人。她拿起起居室的对讲机——就在门边上，然后，她听到自己的声音从门外的扩音器里传了出来："在树的那边。在树的那边。"

她看着他又走了几步，靠近了那棵树，但他靠得还是不够近。他四处张望了一番，然后就走了回来。

"你应该再去看看，"他进门时，她说，"我很确定，我看到那里有人。"

"现在那里没人。"

"但昨晚有。"她说，无可奈何地听任尖锐的呼啸声从自己的肺部迸发出来。

*

上午，她把箱子打好包，在能看见的五个侧面都贴上了标签。他进房间看了看，看到客厅里一摞摞的箱子，便自告奋勇，说要把它们拿到车库去。他说，这样可以把房间腾出来，而且，真到了那个时候，从车库把箱子拿走会方便得多。

"拿走？"她问，"拿到哪儿去？只有我能决定这些箱子的去处。"

如果把箱子拿走能令他开心的话，她可以允许他把其中的一部分拿到车库去，但是只能拿那些无关紧要的。重要的箱子都得放在家里。

她一天最多只能打包一个箱子，而且她不是每天都在打包。有时候她只是在给物品分门别类，或者计划一下第二天要干什么。今天她整理的是冬天的旧衣服。之前，她已经把破旧的衣物装进塑料袋里了，她花了好几个礼拜才完成这项艰苦的工作，而他则负责一点一点地把那些衣物带走，在他开车去市中心或者超市的时候。今天，洛拉在整理最后一批打算捐掉的毛衣。这些衣服都是纯羊毛的，很占位置，要两个箱子才能装下。随后她用绳子把箱子捆了起来。打包完两个箱子后，她突然感到一阵奇怪的眩晕，不知道下一步该干些什么。她朝窗外看去。她忘了自己在做什么，于是，她打开清单看了一眼，便又都想起来了。她走向他，让他拿把椅子来，放到花园里。他正忙着把毛巾从晾衣架上一一取下，折起来收好，听到她的要求，他停下手中的活，看了她一会儿。

"我不需要向你解释为什么要在外面放一把椅子。我就是要。"

他把手中的毛巾放在桌上，回头看着她。她穿着睡衣，那是一件粉红色的长袍，她还穿着羊皮软底拖鞋，那双鞋穿得太久，已经破了，但依然干干净净的。她拿着她的清单，还有一支圆珠笔。

"你想把椅子放在哪儿？"他问。

"门廊那里，面朝街道。"

她跟在他后面，确保他拿的是她想要的那把椅子，确保他出门时不会撞上木质的门框。在他拿着椅子走出去，把椅子转向阳光时，她就在旁边等着。然后，她倒在椅子上，发出沉重的、带着啸音的呼吸声，她终于能把后背靠在椅背上了，在此之前，她已经忍受了好几秒的疼痛。她又打开了她的清单，但却没再看它。此时已经接近正午，邻居家的女人和男孩很快就会从门前经过。她专心致志地等待着，直到渐渐入睡。

*

一天下午，他去了市中心办事，那个男孩来了，按响了她家的门铃。她从厨房窗口探出头去，立刻认出了他。他和另一个与他年纪相仿的男孩在一起，就站在门前的栅栏后。两人正在窃窃私语。她犹豫了一会儿要不要让他们进来。她看了看钟，估计他应该快到家了。于是，当门铃再次响起时，她下定决心，拿起了对讲机。在开口说话前，她先歇了一会儿。她有点紧张。和往常一样，首先在花园里响起的不是她说话的声音，而是她的呼吸声。那两个男孩看起来很以此为乐。

"请讲……"洛拉说。

"老奶奶，我们来还老先生一样东西。"

"你们要还什么？"

两个男孩互相看了一眼。洛拉看见邻居家男孩的手里攥着个东西，但她看不清那到底是什么。

"一件工具。"

"你们晚点再来吧。"

另一个男孩开口了，声音低沉，态度恶劣。

"让我们进去，奶奶。"

他的手里也有个东西，看起来又大又重。

"你们晚点再来。"

她放下听筒，站在原地。她可以通过厨房的窗户看见他们，但他们可能看不见她。

"哎，老奶奶，别这样啊。"另一个男孩说着，用手里的东西敲了三下栅栏。

洛拉认出了这个声音，这就是那天晚上她听到的敲栅栏的声音。两个男孩等待着。等到他们意识到她不会再理他们了，才转身离去。而她靠在门边，等着自己的呼吸声逐渐平缓。她对自己说没事的，他们只是通过对讲机讲了几句话。她不喜欢那两个男孩。那两个男孩可能会……她又沉思了一会儿。她知道自己正逐渐接近某个结论，这个结论虽然尚未完全成形，但她有种强烈的预感——她知道自己的大脑是怎么运作的——她知道这是个预兆。就在这时，她猛地抬手捂住了胸口。她听到了第一声动静，是从房子另一头传来的。她朝另一边的房间走去。她注视着自己移动的双脚，极力控制着它们的速度，与此同时，她努力地控制着自己的情绪，克制着自己的呼吸，告诉自己千万不要发出声响。她知道他们在那里。她得控制好自己的身体。尽管心里已经有所准备，但当她走进房间，通过窗户看到那两个男孩几乎已经在她家后花园里时，她依然大吃了一惊，仿佛她从未预想过这个画面。两人从铁丝网下钻了进来，现在正在花园的尽头。邻居家的男孩走进了菜地。洛拉躲在一侧的窗户后。她看着他们继续往里走，几乎要走到房子门口时，他们停住了，此时他们距她只有几米远。他们推了推车库的门，发现门是开着的。车库是他的领地，他理应确保关好门的。恐惧使得她无法动弹。她听到他们在翻检那些木头家具，把抽屉打开又关上。那声音尖厉刺耳，简直让人无法忍受。她在想，怎么才能让他意识到，他们能进来都是他的错，怎么才能让他意识到，和他在菜园里聊天的那个男孩是个贼，而他之前一直把时间浪费在这个贼身上。她的呼吸声越来越重。她担心他们会听见她的动静，但她没法阻止这事发生。车库里传来更多的声响，随后，她听见门关上的声音。她看着他们离开后花园，穿过铁丝网，向对面的房子走去。她没看清他们是否拿走了什么。她倒在床上，把脚塞进毛毯，像婴儿一样蜷成一团。她的心跳过了好一阵子才恢复正常，但她依然保持着这个姿势，她打算就这样等着他回来，好让他第一时间就能意识到她很不好。她决定，到时候就算他问，她也什么都不说。要是他有耐心，总会遇上一个能将此事开诚布公的好时机，等时机到了，她就会说出一切。与此同时，她还决定了另一件事。日子已经够艰难了，她决定不再给自己增添负担。她打算暂时搁置打包的事了。

*

洛拉清清楚楚地记得医院的那个医生。虽然她不知道他的名字，但就算隔着一段距离，她也能在人群中一眼认出他来。他不像彼得森医生那样在电视台工作，他是另外一种医生，是负责最后一类医疗保险的医生。那份医疗保险是他选的，在他们两个退休的时候。

"女士，您今天感觉如何？"医院里的医生来她家看过她三四次，每次都会问她这个问题。他总是一副很热的样子，洛拉能闻到他身上的汗味，她觉得这对一位医生来讲不是个优势。但这还不是最困扰她的一点。最困扰洛拉的是，病人明明是她，但医生提问时却看向他，很明显，医生非常信任他，只相信他的判断。有时候，洛拉会幻想自己敏捷地从椅子上站起身，对他们说些"你们自便，我还有别的事要做"之类的话。但是他们需要她参与这场大戏，她总是这么对自己说，她还提醒自己，和他过了一辈子，其中有一半的时间她都不得不努力保持耐心。

"女士，您今天感觉如何？"她的肺很疼，背部也痛得厉害，而且，只要她走得稍微快了一点，脾脏就痛得像有人在用刀子扎似的。但对这个医生来说，这些都不重要。他的问题针对的是另一件事。另一件跟洛拉的健康状态没有一点关系的事。要是她把她的病症一件件告诉彼得森医生，估计他会目瞪口呆，她遭受着如此多的不幸，却没有得到任何治疗。彼得森医生会积极地帮她寻找解决之道。但是此刻注视着她的这两个人——医院的医生，还有他，尤其是他——只关心在超市发生的事故，以及所有和那场事故有关的事。事故前的征兆，事后医院的检查结果，事故带来的影响。全都和那场事故有关。

*

熟食店的女人有一次对她说，过度焦虑不好，要试着让自己变得更加积极、更加乐观。人们常常对她说类似的话，洛拉也很喜欢听他们说。但她知道这些话并不能帮到她，因为她面对的是比死亡还要可怕的困难。很难在电话里把这点解释清楚，不过，熟食店的女人态度很好，尽管她连一点忙也帮不上，但她的耐心会让她感觉好一些。

*

之后几天，那个男孩时不时就来找他，胳膊下夹着一个折叠凳，他们的折叠凳。他展开折叠凳，坐着看他干活，有时他停下来休息，两人就会交谈几句。有一次，他假装拿他的园丁铲去挖男孩的腹部，逗得男孩笑了起来。那几天，洛拉特地留意了他在去购物时是不是多买了些巧克力饮料。并没有。她还会特别留意晚餐时他的沉默。他什么都没有说。有时候，他的沉默会让她平静下来，于是，她就会把男孩的事放到一边，她甚至怀疑那只是自己一时的偏执。然而，到了第二天，她又能在同样的地方看到那个男孩，她的呼吸声又会再次响起，回荡在被几扇窗户封闭起来的起居室内，仿佛警铃大作。

*

　　一天晚上，形势顺着她的意思发展了。熟食店被抢了。事情是他告诉她的，那时他刚好在熟食店买晚上的菜。洛拉没有给熟食店的女人打电话，她觉得现在并不是个好时机，尽管两人在讨论与她的死亡有关的话题时建立起了亲密的友谊。那天晚上，他们吃的又是鸡，吃晚饭时，他提起了那场抢劫案。这可是谈论那个男孩的大好时机，这样就能打破他一直刻意保持的沉默。开启话头时，他并没有意识到之后的陷阱，毕竟提起熟食店抢劫案这个话题的就是他自己。她耐心地等待着。他提到熟食店的女人在货架下藏了把武器，提到她的手臂受了伤，还提到了救护车。他说那女人表现得非常勇敢，还解释了为什么他觉得那女人的女儿表现得就没那么好。他还告诉她，警察花了多久才赶到现场，他们是如何询问目击者的，等等。洛拉默默地听着，她已经习惯了等待。他每讲三四句话，她就在脑中用一句简明扼要的话来总结，在沉默中修正他那种拖沓得令人恼火的描述方式。她只能忍受他的拖沓。这时，两人都沉默下来，一段长时间的沉默过去后，她问道：

"这和隔壁的男孩有关吗？你觉得他和这件事情有关系吗？"

"这和他有什么关系？"

"他们就是敲打我们的栅栏的罪魁祸首。他和另外一个男孩。他们前几天来过一次，想要进门，说是要还一件工具。"洛拉想要停顿一下，让信息逐渐升级，但如今这些话都压在她的肩头，使她不堪重负，只能一股脑把它们都说出来。"我没有给他们开门，但他们还是想办法从后门钻进来了。他们溜进车库，乱翻东西。你没用钥匙把车库的门锁上。你该去看看车库里的钻孔机和电焊机还在不在。"

"钻孔机和电焊机？"

她点点头，尽力控制着自己的呼吸。在她开始说话前，她根本没有想到过钻孔机和电焊机的事情，但他们两个人都知道，这是他们所有的工具中最贵的两样。他看向车库的方向，她知道，自己已经成功地使他警惕起来。她想象着他在车库清点工具的画面，把缺少的工具一件件记下来，而她站在一旁，在电话本中寻找警察局的号码。然而，他并没有起身，只是重新拿起餐具，取了一块鸡肉，送进嘴里，说：

"扳手。"

他的话应该还没说完,洛拉盯着他。

"是用来修理厨房的水槽的。他的妈妈在修水槽,我就把扳手借给她了。"

"但你什么都没跟我说。"

"是好几天前的事了。在他们刚搬来的时候。"

"他们刚搬来那天?"

"是的,"他说,"就那天。"

等到他去洗澡,洛拉去了车库,想亲自检查一番,但她忽然意识到,自己既不记得车库里有哪些工具,也不知道它们都在哪里。她甚至不知道扳手到底长什么样。何况,车库是家里唯一一个归他管辖的地方,她很怀疑那里会又脏又乱。她在想,他会不会在掩护那个男孩,出于某种她不知道的原因。这个想法在她心头挥之不去。她摸了摸围裙口袋里的清单,心想,到了晚上,她得更冷静地回想、分析所有的事实。她必须做出某种决定。

*

第二天上午,她又打包了一个箱子。箱子里

七座空屋

塞满了旧的办公用品、墨水干了的笔、泛黄的笔记本、硬化了的橡皮，还有过去几年的电话黄页。她很确信，那些贫苦的人用得上这些东西，尽管他们可能根本不知道这些东西的存在，但总有一天他们需要用到它们。她甚至整理了他装在电话架上的小桌子，那是他用来整理发票的，还拿走了几样她在小桌子上发现的东西。她还想把那个小小的希腊石膏胸像也拿走，他把它放在起居室的桌上当镇纸用，但没有找到。她知道，有时候她会忘记自己曾经打包过什么东西。毕竟东西那么多，所有重担又都压在她一个人肩上，有时忽略一些细节也情有可原。上周她不得不重新打开一个装鞋的箱子，因为她一疏忽，就把他所有的鞋都打包了。家里剩的毛巾不多了，从走廊上那面大镜子，可以瞧见毛巾架上空空荡荡的，有些难看。浴室抽屉里也没有牙刷和梳子了。更糟糕的是，她现在不得不用他的旧梳子梳头。

中午时分，她把箱子捆起来，贴上一个标签，写上"文具"。之后，她想找他帮忙把箱子拿到车库去，她找遍了家里所有的房间，也没有看见他的身影。不在车库里，也不在菜地里——她通过房间的窗户确认了这一点。她想到，他从来不会连招呼都不打就出门，因为要是他突然消失，她会紧张死的。她随时可能需要他，她每时每刻都依赖于他。她穿过起居室，走向大门。她打开朝街的那扇门，看到他倒在地上。在发出尖啸声前，她打了个怪嗝。她紧紧地抓着门框。他坐了起来，背靠着墙面，手掌按着前额。洛拉用力地吸着气，直到攒足了力气，才叫道：

"上帝啊！"

他开口说道："我没事，别害怕。"他看了看自己染上了血的手掌，他的额头上有一个小伤口。"我想我是突然低血压了，不过已经稳住了。"

"我去叫医生来。"

"等会儿吧。我现在想先进屋躺一会儿。"

她帮他铺好床。给他拿了一杯茶，还从走廊的书架上拿了最新两期的《国家地理》杂志，放在他的床头柜上。做这些事的时候，她专注于保持合理的节奏：要尽可能快，但也要小心，不能让动作影响到她的呼吸。她知道这是他的时刻，她必须做些什么来安抚他。但这会儿他可能已经吓坏了，只顾得上考虑自己，却忘了她还需要有人照顾。从某种角度上来说，情况确实严重。洛拉已经到了极限。他睡着后，洛拉用最后的一点力气走回起居室，瘫倒在扶手椅上。她得好好休息，快快恢复气力，她还有很多事情要做呢。

*

栅栏后面排水管那儿传来的声音把她吵醒了。她立刻扭过头，想透过窗户往外看，结果抽筋了，只好把头回正。虽然她什么也没看到，但她知道在外面的是谁。她看了看电视上面的时间，现在是下午四点二十分。她听到邻居家女人高跟鞋的声音，她正沿着小路走向隔壁的房子。接着响起了关门声。她想起了扳手的事。她握紧双拳，将胳膊向两侧伸展。这是彼得森医生在电视上教的锻炼方法，是用来防止肌肉萎缩的，她在伸懒腰时会做这个动作。现在，痉挛的感觉消失了，她感觉自己再次夺回了对身体的掌控权，至少是部分的掌控权。她专心致志地想象着那把扳手可能长什么样。她环顾四周，看到自己穿着的是那双绒面绣花的软底拖鞋，看到她春秋季的大衣挂在门口的衣架上，就在对讲机旁边。看到所有东西都按她的意思摆放得井井有条，她感到很满意。于是，她站起身，穿上大衣，打开朝街的门。此时她才搞清楚自己到底想干什么。很明显，这会是一个十分明智的解决方案。

她走到隔壁房子的门前，敲了敲门。她等了很久，女人才打开了门，午睡积蓄的能量几乎都在等待中被消耗了。这下，一切对她来说将变得更加艰难。女人一下子就认出了她，请她进门。洛拉勉强笑了笑，接受了她的邀请。她往里走了几步便停了下来，不知道下一步该做什么，该说什么。

"您想来杯茶吗？"那女人边问边走向厨房，"请随便坐，"她在房间的另一头喊道，"家里有点乱，请见谅。"

屋里的墙面已经斑驳、脱落。没有什么家具，只有一张桌子、三把快散架了的椅子和两把扶手椅，扶手椅上面铺着透明的布，固定在两侧的扶手上，以防脱落。女人拿着一杯茶回来了，请她坐在扶手椅上。那两把扶手椅看起来不太舒服，而且一会儿从上面再站起来会很困难，洛拉想，但她还是接受了对方的好意。那女人行动很迅速：她拿来一把椅子放在洛拉身旁，这样洛拉就能把茶杯放在上面了。这时，洛拉看到窗边的地板上堆着很多杂志和报纸。这些已经没什么用的东西占据了太多空间。

"如果您需要的话，我有些箱子，"洛拉说，"这些箱子很结实，我把东西分门别类，再用这些箱子装起来。"

女人跟随着洛拉的视线，看向堆在地上的杂志和报纸。

"我不需要，谢谢。不过，请告诉我，您来这里是为了什么事？是关于我儿子吗？昨晚他没有回来，我担心坏了。"

洛拉马上准确理解了她的意图，她又回想起了下午从栅栏传来的声响。女人仿佛在等待着某种信号。她走到洛拉对面的那把扶手椅旁，坐了下来。

"看起来您像在生我的气。拜托了，您有我儿子的消息吗？"

洛拉知道自己正走在正确的道路上，但是仍需要小心行事。

"不。不是为了您儿子。我想问您一件事，是一件重要的事。"

洛拉盯着眼前的茶，对自己说，一定要慎重地处理这件事情。

"我想问问您有没有扳手。一把用来固定螺丝的扳手。"

女人皱起了眉头。

"就是那种修理水槽的时候会用到的扳手。"洛拉说。

也许那女人不确定自己到底有没有一把这样的扳手，也许她压根不理解她到底要问什么。她看了看厨房，又转头看向她。

"我知道您想说什么了。您丈夫上周借了我们一个类似的工具。但我儿子前天就把它还回去了。他还了——不是吗？"

"这就是问题所在。我不确定。"

女人盯着她看了一会儿。

"我想知道那把扳手在哪儿。这对我来说很重要。"洛拉搅拌着手中的茶，取出茶包。"其实这事和那把扳手没有太大的关系，我想您能明白的。我的意思是，我可不是为了找扳手而找扳手。"

那女人点了点头，看起来，她正努力想要理解她的话。洛拉向厨房的方向看去，她沉默了好一会儿，直到听到有人问：

"您还好吗？"

她完全忘记了疼痛和痉挛。她的呼吸声很轻，几乎没有任何声音。此刻，她把全部的精力都用在观察这个尚属陌生的空间上。光线从厨房那边照过来，照到她们俩身上。

"请问您怎么称呼？"洛拉问。

"我叫苏珊娜。"

女人的黑眼圈很重，从她的眼睛开始往下蔓延，看起来甚至不像是真的。

"苏珊娜。我能看看您的厨房吗？"

"您觉得我没有归还扳手？您觉得我是这样的人吗？"

"哦，不，不。请别误会。是为了另一件事。是……我该怎么跟您解释呢？像是为了证实一种预感。就是这样。"

女人看起来不太乐意，但还是站起来朝厨房走去，在门口等着洛拉。洛拉把茶杯放在椅子上，撑着两侧的扶手站起身来，随后，她又拿起那杯茶，朝女人走去。

厨房明亮宽敞，尽管食品柜看起来很不牢靠，但厨房里的水果和几口红色的锅子给这个空间增添了一种令人愉悦的亲切感。洛拉想，这里很干净，整理得也井井有条，甚至比她自己的厨房更讨人喜欢。无意间，她吸入了过多的空气，发出了尖锐的呼气声。她知道女人正盯着她看，不禁有点不好意思。她想到了他。此刻他可能已经醒来了，发现她不在家，他肯定吓坏了。

"女士，您在找什么？"女人问道。她的态度并不咄咄逼人，相反，她的声音听起来有些疲惫。

洛拉回头看了看她。她们现在离得很近，分别站在门的两侧。

"我还想问您一个问题。"

"请说。"

"听起来可能会很怪，但是……"

女人交叉着抱起双臂。两人面面相觑。看起来，她还没做好准备。

"您认为会有人给您的儿子喝巧克力饮料吗？"

"您的意思是？"

透过窗户，洛拉能看到自家的花园。现在，她在呼吸时需要更多的空气，于是，她又发出了紧张时才会出现的尖啸声。不过，她正尽量压低那种声音。

"巧克力饮料，"洛拉说，"粉末状的。"她意识到自己已经无法控制呼吸了，尖啸声在厨房里回响着。

"我不明白您的意思。"女人说。

有什么东西遮挡了她的视线，仿佛四周的白墙正铺天盖地向她压来。她的心脏剧烈地跳动着，重重地捶击着她的胸腔。洛拉又一次发出了一声尖锐、骇人的呼啸。她正试图把手里的茶放到桌子上，她的心脏又重重地捶打了她的胸腔，她晕了过去。

*

她又可以呼吸了。这仅仅给她带来了生理上的宽慰。她仍然闭着眼睛，尽管还处在黑暗中，但她知道，自己还活着。这本来是个多好的赴死的机会呀。然而，她还是没有死。她已经用了那么多呼唤死神的方式，但迄今为止还没有一个能奏效。很明显，迎接死亡的力量正一点点地从她的指缝间溜走，而她对此无能为力。她睁开双眼。她正躺在房间里，但却是在他的床上。《国家地理》杂志还在她昨天放的老地方。她叫了他一声，便听到厨房传来的声响和他沉重的脚步声，接着，他出现在了房间门口。

"我昏过去了。"她说。

"但你现在没事了。"他走进来，坐在她的床上。

"我怎么没睡在自己的床上？"

"我们觉得最好让你躺在远离窗户的地方。"

"我们？"

"你摔倒的时候，隔壁邻居扶住了你。是她帮我把你抬回来的。"

"那个男孩的母亲？"

她看着自己的手掌。上面有一处小伤口。

"你什么都不记得了吗？是你自己走到她家去的。"

洛拉不知道该说什么。她记得，但她宁愿听他说。至少这次躺在床上的不是他了，事情也算恢复了正常。她又看了看手上的伤口，稍微用力按了按，想知道会不会痛。

"那个男孩呢？他在吗？"

"不在。"他说。

她想着那个女人，想着她们突然中断的对话，想着扳手和巧克力饮料。又一次，她的脑中警铃大作。她想坐起来，却发现根本使不上力气。他扶着她起身，在她背后放了个靠垫。她没有向他倾诉自己的不安，只是听任他摆布。

*

有些事洛拉已经记不清了，但超市事件却始终原封不动地留在她的脑海中。超市事件，还有那个没有一点用处的医生的拜访。他总是问她："女士，您今天感觉如何？"提问的时候，他总是看着他，因为他们两人都不指望她回答这个问题。这个蠢货到底还有什么疑问呢？

有时候，在他们问她这个问题的时候，她的脾脏会突然一阵刺痛。她没有做任何剧烈的动作，但是，她知道，过不了多久她的呼吸就会变得急促，然后那种令人讨厌的尖啸声就会出现，充满整个房间。

"您可以列个清单，这可能会对您有帮助。"有一次医生对她说。

这家伙多聪明啊，洛拉暗想。要是她的双手在颤抖，她就会把手交叠着放在膝上，以防他看见。

"为什么要列清单？所有的事我都能记得清清楚楚。"话音刚落，洛拉就看到眼前的两个男人互相交换了眼神。

他们像对待一个傻瓜似的对待她，是因为两

个人都没有足够的勇气告诉她，她就快死了。她知道这不是真的——她就快死了的这件事——但有时候，她喜欢想象自己的死亡。这是他应该承受的代价：等她死了，他才会意识到她对他来说是多么的重要，才会意识到那么多年以来，她一直在照顾他。她很想死，这么多年以来她一直想死，但是，日渐衰弱的只有她的身体。这种衰弱不会把她带去任何地方。他们为什么不敢告诉她呢？她希望他们能对她说实话。她多么希望她真的快死了啊。

*

她睁开双眼。他的手表上显示的时间是三点四十分。她很确定，她又听到了某种声音。她心想，会不会又有人闯进了她家，就像那天晚上一样，有人潜入了花园，尽管第二天上午，他并没有在花园里找到任何入侵的痕迹。她慢慢地爬起来，以免吵醒他——很明显，她必须独自解决这件事——她穿上拖鞋和睡衣，向走廊走去。那个声音一直在重复，现在她听得清清楚楚。什么东西在敲击浴室的窗户。洛拉心想，可能是有人在投掷小石子，扔到了浴室窗户的磨砂玻璃上。她走进浴室，没有开灯，贴着墙慢慢靠近窗户，等待着。那声音又响了两次，这下她确信了，一定是那个男孩。她回到房间，把窗开了一条缝。这是一个颇具战略性的位置。声音响了五次之后，她已经能猜到石子是从哪儿来的了。就在几米开外的地方，在房子的那头，围栏的下面，就在那棵把她家的花园和那个女人家的花园隔开的女贞树下，那里有一条小沟。此刻有个人正躺在那道沟渠中。丢石子的就是那个男孩，虽然她没看到他，却对此非常笃定。他丢那些石子是为了叫他吗？洛拉把身体的重心换到另一只脚上，以防感到不适。到了这个岁数，为什么她还得忍受这种事。在这个时间，他是绝对不会出来的，因为这既愚蠢又危险。而且，他和那个男孩毫无关系。她必须忘记那个男孩，忘记和那个男孩有关的事，她就这样对自己重复了好几遍，她提醒自己，她还有她的清单，还有清单上那些有待完成的任务。

*

可能是因为前一天晚上没有睡好，这天她做

事时的动作比平时更迟缓了。不管是从一个地方移动到另一个地方，提高声音喊他，还是准备超市的购物清单，都让她筋疲力尽。但她仍在想方设法，试图推进自己手头的工作。他也帮了她的忙，虽然做得还不够，但至少完成了他分内的任务。他做了早饭，帮她开了电视，还把拖鞋拿来了。她边看彼得森医生的节目，边把清单打开看了好几次。到了午休时间，她想回自己的床上休息。他帮她换了床单。无须她开口，他就知道该把换下来的床单放在哪儿，也知道该去哪儿拿干净的床单。他们睡了个好觉，等再起来的时候，感觉精神多了。他又拿了几个箱子来。上周他拿来的三个箱子已经打好包，贴好标签，放进车库了。她看到他望着堆成摞的箱子，皱起眉头。看起来他像是在问自己，打包这么多箱子到底有什么意义，但他自然永远无法回答这个问题，就像他也无法回答为什么过了保质期的食品就一定要扔掉，哪怕它们闻起来并没有任何异样，他也无法回答为什么一定要在晾衣架上把衣服拉开、摊平，明明之后还需要再专门熨烫。他不会关注到这些细节，所以只好由她来负责，保证面面俱到。他在看那些箱子的时候皱起了眉头，或许他只是在思考有关菜园或是车子的事。她站在他的身后，等着他。洛拉已经习惯等待了。但是，看到他弯下腰阅读标签，她不由警觉起来。不是因为她在箱子或者标签上写了什么，而是因为他突然对这些箱子产生了兴趣。他转身看着她。她想着应该说些什么。她想到浴室里还有一个打好包的箱子，她可以让他把箱子拿到车库去。她可以让他去超市，购物清单已经写好了，就放在电视机上。她可以让他做很多事，但她始终没想好该说哪一件。这时候他开口了：

"他们找不到那个男孩了。"

她意识到自己其实一直暗自期盼有一天会发生这样的事。有那么一会儿，她甚至觉得有点愧疚。

"昨晚他也没回家。现在都已经到中午了。"

她想到了发生在熟食店的抢劫案，想到敲击栅栏的声音，想到那把扳手、那些巧克力饮料，还有那把凳子。那是他们的凳子，那男孩在菜园和他聊天时就坐在这张凳子上。但她说的却是：

"你就没有什么想放进箱子打包的东西吗？"

他转头看了看那些箱子，又重新看向她。

"比如什么？"

"我阿姨去世后，我母亲花了一年来打包她的东西。人可不能把这种事推给别人去做。"

他看向菜园，她想到这可能就是他拥有的一切了，不禁有点同情。像他这样的男人拥有的东西很可能连一个箱子都填不满。

"你觉得他会不会出什么事了？"他说，依然看着菜园的方向，"有时候，在这个时间，他会从这里经过。"

她紧紧地握起了拳头，又赶紧松开，想掩饰自己的冲动。她手掌的那个伤口在隐隐作痛。事情就这样发生了：他终于说了。他终于主动提到那个男孩，用一种如此心不在焉的方式，害得她根本没法妥善应对。"他和那个男孩。"他的叙述是那么的含蓄，"他们找不到那个男孩了"。这么长时间以来，他常常在菜园里和那个男孩碰面。他表现得好像她早就知道了这件事一样。之前，他就是不把这个事实说出来，但现在，他却突然把一切都摊到了台面上。那个男孩的整个身体曾经只属于他，他一直隐瞒着他的存在，直到现在。她深深地吸了口气，放任呼气时发出的声音在他们周围回荡。她拿起之前放在箱子上的胶带，朝厨房走去。她正努力地积攒着力气，以应对接下来可能会发生的事。

他在房间和走廊里做事，她则埋头在书房整理最后一个箱子。他发出的声音和平常不太一样，她听得出来，他在做的不是平时常做的那些事。她有点担心，想探头看看他到底在干什么。他对家里的事情并不是那么了解，时常需要她的指点，但他刚才说了关于那个男孩的事，她现在理应和他保持距离。他应该明白，他刚才的行为很不像话。因此她没有动弹，听任他忙忙碌碌，甚至在他出门时也没跟他说话。这天下午他都在菜园里忙碌，直到傍晚时分才回来。她看到他拿着凳子和工具回来了，此时她已经订好了晚饭，为了避免跟他打照面，她便径自去了起居室。她打开电视，坐在扶手椅上看起了新闻报道，与此同时，他走进车库，把手上的东西放在那儿。她睡了一会儿，之后他进来了。她听到车库和厨房的门开开关关的声音。她能感觉到他就站在她背后，在离她两米远的地方停住了。她一边继续看电视，一边等待他说些什么。她很确定他有话想说。她想象着他正搜肠刮肚，组织着道歉的措辞。她给他时间。她正想从口袋里把清单拿出来看一眼，却突然听到一声巨响，她不禁屏住呼吸。那是有人摔在木地板上的声音。由几声撞击声组成的一记闷响。她回过头，看到他倒在地板上。他的身体怪异地弯折着，呈现出一个极不自然的角度，仿佛身体内部的什么突然停止了运转，甚至没给身体留下倒地的时间。过了一会儿，她看到一条细细的血沿着地板蔓延开来。

*

　　洛拉打电话通知了熟食店的女人。那女人叫来了一辆救护车，救护车的司机又在随行医生的要求下打电话报了警。他们把尸体装在一个灰色的袋子里带走了。她想要陪着他，跟着救护车走，但两个警察坚持让她留了下来。他们让她坐在扶手椅上，其中一个警察开始问她问题，边问边记录，另一个警察去了厨房，想为她泡一杯茶。洛拉沉默地听着警察的问题，还有时不时从厨房传来的声响——开水壶在火上沸腾的声音，食品柜的门打开和关上的声音。她疲惫地坐着，半闭着双眼。她在想一些事。巧克力饮料就在盐和调味料的后面。他可能还没从菜园回来，他骨头摔断的声音可能只是午觉时的一场梦，他此刻可能还站在她背后，等待着。有好几次她差点就睡着了，对她来说，眼前这个反复叫她名字的警察根本不重要，另一个在厨房里的警察也是。但她又一次听到了他骨头碎裂的声音，就在她的背后，于是，胸口剧烈的疼痛将她唤醒，强迫她再一次开始呼吸。她忿忿不平地意识到，她依然活着。他死在了她眼皮子底下，死得这么轻而易举，丢下她一个人孤零零地在这座房子里，只有那些箱子给她做伴。在她为他做了一切之后，他就这样永远地抛弃了她。他跟她提了关于那男孩的事，剩下的秘密都跟着他一起进了坟墓。现在，她甚至都不知道该死给谁看了。她空洞、尖厉、刺耳的呼吸声在起居室中回响，吓得那警察不敢再说话，只是关切地望着她。另一个警察也站在一边，手里端着茶。他们俩都坚持认为她不能独自留在屋子里。洛拉意识到自己得回到现实，想办法把这两个男人请出家门。她小心翼翼地呼吸着，试图把一切都隐藏起来，避免再发出那种噪声。她撒谎说他们请了一位女佣，她第二天一早就会来的。她说她现在需要睡一会儿。于是，警察走了。她走进厨房，找出那把她洗碗时他会拿来放在水槽旁的凳子。这是唯一一件她能凭自己的力气挪动的东西了。她拿着凳子走进起居室，把凳子放在墙边，就在他倒下的地方附近。她坐下来，等待着。警察已经把放在这里的家具都挪到了一边，地上的血迹也已经清理干净了。她面前的这块地板湿漉漉、空落落的，像冰块一样闪闪发亮。

*

天色渐晚时，她的背开始痛，一阵强烈的麻痒感在她的双腿蔓延。她把手从口袋里拿出来，打开手中的清单。清单上写着：

把所有物品分门别类。

捐献非生活必需品。

打包重要物品。

专注于死亡本身。

不理会他的干预。

她明白，有些事情已经变了。她不知道现在该做什么样的决定。即便如此，她仍在呼吸着，仍有源源不绝的氧气进入她的肺。她试着坐直，确认自己仍能支配自己的身体。清单上有三十七个字，她需要慎重地对待每个字。然后，她拿出笔，划掉了最后一行。

*

　　夜里，她走进房间，准备睡觉。正要睡下时，她听到门铃响了。尽管她的脑子转得很慢，但她还是意识到，有什么危险而特别的事情正在发生。她爬起来，扶着床沿下了床，走回客厅。她没有开灯。这时，她听到门外传来一声敲击声，这让她又一次回想起骨头碎裂的声音。过度的疲惫使她有点头昏脑涨，但她也因此没那么害怕了。她从大门的猫眼向外看去。栅栏外，有个暗影在对讲机边等待着。是那个男孩。他用左手扶着自己的右臂，他的右臂好像在痛，或者受伤了。男孩又按了一次门铃。洛拉拿起对讲机听筒，深吸了一口气。

　　"请开门，"男孩说，"请开门！"

　　他看着身体右侧的墙角，看起来是被吓到了。

　　"钻孔机在哪儿？"洛拉问，"你以为他没发现钻孔机不见了吗？"

　　男孩又一次看向了墙角。

　　"我能进车库吗？"他发出了一声呻吟，但洛拉觉得那是装出来的，"我能跟他说话吗？"

　　洛拉挂上听筒，以最快的速度朝车库走去。

因紧张而分泌的肾上腺素使她的身体能够快速地根据情况做出反应。她用钥匙锁住了通向后花园的门，随后又锁上了所有的窗户。接着，她走回房间，把房间里所有的窗户也都锁了起来。门铃又响了一次。再一次。最后一次。然后就再无声息了。

*

第二天早上，警察局的人给她打了个电话。是个负责行政管理的年轻人，他接到命令，要确认她一切安好。他意识到是自己把她吵醒的，便在电话中向她道歉。年轻人说，她丈夫的尸体现在在停尸房，今天下午就会被送到殡仪馆。他说，如果她需要的话，可以联系专门负责丧葬事宜的机构，在周六上午为他举办一场悼念仪式，他们可以帮忙直接把尸体送到那里。洛拉挂了电话，走进厨房。她打开冰箱，又把它关上了。她想起彼得森医生的节目该开始了，便走到客厅坐了下来，但她已经没有力气打开电视了。

*

　　他留下了一个箱子。洛拉在车库里发现了它。箱子就在地上，在面向菜园的门前，正对着其他箱子——她的箱子。它比其他的箱子都小。它很轻，里面装的应该不是他收藏的《国家地理》杂志，里面装的应该也不是一把扳手或者一盒巧克力粉，如果是的话，箱子应该再轻一些。她把箱子拿到起居室，放在桌上，就放在她的清单边。箱子的正面贴着一个标签，就是她平时用来给箱子分类时贴的那种。他的名字就写在第一道横格线上，她大声地念了出来。

*

　　几乎没有什么是能够保留下来的。她从房间里看到，菜园里只剩下一些番茄和柠檬。门前花园里的芝麻、风铃草和杜鹃花也都凋谢了。门口栅栏旁的信箱里塞满了信件，但现在再也没人会把它们拿进来了。她喝光了家里的酸奶，吃光了饼干、金枪鱼罐头和一袋袋的面条。写字台的第一个抽屉上贴着一张纸，写着"钱放在这里"。他

空洞的呼吸

的床头柜上还有一张一模一样的——"钱放在这里"。一周以来，她一直从写字台的抽屉里拿钱，为了付钱给那个负责丧葬事宜的男人——他处理了所有该处理的事务，因此，她足不出户就办完了丧事，还要付钱给熟食店的男孩，在他给她送鸡肉来的时候。写字台抽屉里的钱用得已经差不多了，于是，她用粗头记号笔划掉了写在那张纸上的字。门口堆了几袋垃圾，因为清洁工没法越过栅栏进来把它们拿走。还好天气很冷，垃圾不会太快腐坏。总有些紧急的事情要处理，这使得她很难重新集中精神，想清什么才是真正重要的事情，从而做出决定。她已经在清单上加了一行。"他死了。"她问自己，是不是应该把这条列在另一张清单上。但重要的是搞清楚哪些事需要时刻牢记，哪些事不需要，在这个意义上，列在清单上的每一个条目都有它们的价值。想到他已经死了，她才能忍受家里的凋敝。有时，在她埋头干事的时候，在她花费数小时给东西分门别类、贴上标签的时候，或者，在她看了太久电视的时候，她仍会习惯性地抬起头，听听他的动静，判断此刻他正在家中的哪个位置，猜测他正在干什么。

　　一天晚上，她正坐在电视机前，突然听到从

浴室传来的阵阵声响。听起来像是石头砸在窗玻璃上的声音。这是不是就是她上次听到的那个声音？出于某些原因，这声音让她想起了那棵把她家花园和邻居家女人的花园分开的女贞树，还有那道沟渠。声音仍在持续着，在一段时间内，声音一直不停地响着。洛拉差点要被这个声音害得分了心，但某种新的预感让她想起到底什么才是重要的事。她感觉到这种预感让自己的身体进入了紧张状态。她调低电视的声音，用一只手扶住自己的膝盖，另一只手撑住扶手椅的靠背，艰难地将自己的重心向前移，站起身来。站起来后，她走进车库，开了灯。悬在天花板上的两盏大灯照亮了车库里的箱子。车子停在车库外，他最后一次开车回家后，它就一直在外面，现在，除了箱子，车库里几乎什么都没有。她看着所有的箱子，似乎从来没有意识到自己完成的打包工程竟是如此浩大。她想起刚才从起居室一路走来时经过的家具，意识到那些家具几乎都已经空了。她看了看自己身后的工作台。之前，这个工作台里塞满了钉子、绳子、电线和各种工具。而现在里面也已经空空如也了。她知道自己什么时候整理了这些东西，也知道自己是如何整理的，但有那么一瞬间，她觉得这些东西可能是另一个人打包的，不禁吓了一跳。这时她想起，之前有那么几次她想收拾车库，但走到那里却发现东西都已经收拾好了。她想起，有一次她打开浴室的柜子，却吃惊地发现里面已经空了。她还想起了那些堆在门口的垃圾，还有衰败的菜园。她的呼吸又开始急促起来，她试图集中精神、保持冷静。她发现在所有箱子中，有一个明显与其他箱子不同，比其他的都要小一些。她从来不会用这种方式贴胶带，她在贴胶带时总会沿着硬纸箱的边线，以防止过重的箱子散架。她走近那个箱子。箱子上贴着一个标签，就是她在打包时用的那种标签，上面写着他的名字。于是她又想起来了。想起他已经死了，想起这个箱子是他打包的。这时，她又看到一张纸条，贴在更靠下的地方，是她的字迹，写着"不要打开"。但她不记得自己到底有没有开过这个箱子，也不知道这句话是不是一种警告。也许她记不起来的事还有更多。看来除了那张清单外，她还得多列几个清单，把她不该忘记的事情都记下来。她走回厨房去拿她的记事本，记事本就在它该在的地方，谢天谢地。就在她准备走回车库时，她忽然停住了脚步。冰箱上贴着

　　　　　　　　　七座空屋

一张纸。那是从笔记本上撕下来的一页，上面写着"我叫洛拉，这是我的家"。那是她的字迹。她听到一个刺耳的、幽灵般的声响在她体内颤动着。随后她才意识到，那是她自己的呼吸声。她紧紧地抓着灶台的边沿，缓缓地挪到了她洗碗时用的那张凳子旁，面对着窗户。她能看到停在车库外的车子，还能看到花园里的树。她在想，一秒钟以前，这棵树是不是还没有这么大。她在想，那个男孩是不是就躲在树后，想趁着她疏忽大意溜进屋子。面对危险，她意识到自己还要继续这种生活，她得自己做完所有的家务，打扫屋子、采购、倒垃圾。她必须独自面对这世上的一切，与此同时，他却在隔壁的房间里睡觉。

*

什么事才是重要的？她很饿，但她很快就把饥饿抛诸脑后了。她走进车库，又走回起居室，坐在他的扶手椅上。她从地上捡起两本《国家地理》杂志，问自己杂志怎么会在地上。她听到有人敲门——外面有人，这人可能之前也来敲过。她拿着杂志去开门，这样一会儿她才不会忘记去开门前她正在做什么。是隔壁的女人。看着她的样子，洛拉再一次在心里感慨一个人怎么会有这么重的黑眼圈。女人问她一切是否都好。洛拉需要想一想该如何回答这个问题。她又想起之前几天她是怎么过的。她想起了那个男孩。想起他会和那个男孩共度一整个下午。她想起了发生在熟食店的抢劫案，想起在那之后男孩就失踪。她也想起了那些箱子，想起多年以来她一直期待着死亡，但她现在依然活着，甚至在他离世以后，她还独自活着。

"您需要帮忙吗？"女人问。

洛拉微微弯下腰，捂住了胸口。但她立马又抬起了眼。

"我病了，"她说，"很快就要死了。"

"看出来了。"女人说。

两人都沉默了一会儿。之后女人后退了一步，随后又转向洛拉，她问道：

"您之前说可以借箱子给我……您现在还有吗？"

"箱子……"

洛拉想着那些箱子，思考着自己有没有多余的箱子——并没有——思考着此刻怎么做才最合

98　　　　　　　　　　　　　　　　　　七座空屋

适。如果说女人要箱子是为了搬家——要是他们能搬走，那真是再好不过——她可以腾出几个已经打好包的箱子给她，让她以后再还。但如果女人要箱子是为了做其他事，如果她只是想占有这些箱子，把这些箱子捐掉甚至烧掉，她就再也要不回这些箱子了。

"您要箱子是为了干什么？"洛拉问。

"我想把我儿子留下的东西收起来。"

"您的儿子不和您一起住了吗？"

"洛拉，我儿子已经死了，我已经跟您说过好几次了。"

洛拉体内有一个结突然被解开了，她能感到它正在慢慢消散，就在胃附近，像一粒一直卡在喉咙里、最后终于溶解了的药片。她想到了巧克力饮料，想到了那把还留在他的菜园里——就放在枯叶之上——的凳子。然后，她看到了自己手中的《国家地理》杂志，便问自己他是不是又把这些杂志翻乱了，而她又得忍受他的邋遢和无序。

"他们在那道沟渠里发现了他的尸体。"女人说，洛拉不明白女人为什么要用这种眼神看自己。"您真的什么都没听到吗？连警察来的动静都没听到？"

她每朝前走一步，洛拉就得朝后退一步，再这样下去，两人就都在屋子里了。这是个危险的局面。

"有人打电话报警，说我儿子已经在沟里躺了好几个小时，但警察赶到时已经太晚了。"

洛拉把没拿杂志的那只手放进口袋，摩挲着那张已经揉皱的清单。直觉告诉她，上面多了些新的内容，她想不起来自己又写了些什么，但要是此刻把清单拿出来看，又显得太不礼貌。

"我本来以为是您。"女人说。

洛拉等着她继续往下说。女人则充满疑虑地看着她。

"您指什么？"

"是您看到我儿子倒在沟渠里。"

"您到底是谁？"

"您不需要知道我是谁，您只要记得那些箱子就好。"

洛拉摩挲着口袋里的纸条，她真的需要看一下她的清单。

"我不能把箱子借给您。所有的箱子都已经装满了。"洛拉回想着箱子里都装了些什么，她想起来了。她想起了他——上帝啊，他已经死了……

"总之，我本来以为是您报的警。"

洛拉又被搞糊涂了。

"抱歉，我不明白您在说什么。"

洛拉拿出清单——她实在忍不住了——她展开纸条，看了一遍。清单上写着：

把所有物品分门别类。

打包重要物品。

专注于死亡本身。

他死了。

女人又朝前走了一步，她则朝后退了一步。这下两人都进屋了。出于本能，洛拉推了那女人一把，那女人往后倒去，她试图向后退到第一级台阶上，却没踩稳，在后两级台阶上一个趔趄，差点摔倒。洛拉关上门，插上门闩，静静地等待着。她在寂静中等了一分钟，专注地盯着门把手，之后，她又等了一分钟。什么都没发生。两分钟对她来说已经很长了，她的膝盖和脚踝都开始隐隐作痛，后背也疼得厉害，但她还是坚持了两分钟。随后，她用尽全身力气，透过猫眼观察外面的情况。女人已经不在了。她拿出笔，在清单最后加了一条：

隔壁的女人很危险。

然后，她把清单从头到尾看了一遍。发生了那么多大事后，清单上的头两项显得没那么重要了。于是她划掉了它们。现在的清单上写着：

专注于死亡本身。

他死了。

隔壁的女人很危险。

要是有什么事想不起来，就等一会儿。

*

一阵声响把她吵醒了，她没有立即睁开眼睛。她觉得自己做得很对，因为这不只是一次简单的闯入事件。声音不是从前门的栅栏那儿传来的。那声音很轻，很近，就在房间里。她对自己说，如果睁开眼睛，可能会看到一些可怕的东西。于是她全神贯注地控制着自己的眼皮，牢牢地闭着眼睛。她已经做好了迎接死亡的准备，她多么希望死亡只是死亡啊，既不用遭罪，也不用别人可怜她。这时，木头地板上响起有人走动的声音。很明显，房间里有人。是他吗？不，她在心里对自己说，他已经死了。她睁开双眼。那个男孩正站在床脚边。她看不见他的脸，只能依稀辨别出他的轮廓。她想问他是怎么进来的，却发现自己发不出声音。她不知道这是过度惊吓导致的，还是男孩在进门后对她做了什么手脚，使她无法开口讲话或喊叫。男孩环抱着双臂，慢慢地坐到了床沿边。洛拉必须移开脚、蜷起腿，才能不碰到他。她觉得男孩看起来比原先更瘦、更苍白了。他看着她，他的脸漆黑一片，她根本看不清他脸上的表情。每次，在这个男孩试图吓唬她的时候，他在哪里呢？洛拉什么也没做。男孩站起身，朝厨房走去。他发出的声响还在继续。她听见他跌跌撞撞的走路声，两次撞到了家具上。她听见他一一打开食品柜的门，又一一关上，最后一扇门被关上了，一切又恢复了寂静。他找到巧克力饮料了吗？

*

她能看到木头的纹理。她闭上眼睛，又再次睁开。她正躺在起居室的地板上。她躺在地上干什么？她摸了摸围裙口袋，想确认清单还在里面，却没有摸到它。与地板接触的那一侧身体隐隐作痛。她慢慢地坐起身，试着活动双腿。一如往常，疼痛还在继续。她走向厨房。走廊里放着一些垃圾，就靠在空架子旁。她穿过厨房，走进车库。车库里的箱子比她印象里的还要多，她想，可能是他背着她在偷偷打包呢。她把手放进口袋，感觉到了手指上的纱布。她抽出手细看。她右手的食指、大拇指，还有左手的手腕上都裹着纱布。纱布已经被染成了红色，血迹干涸之后的暗红色。她觉得很饿，便又回到了厨房。在水龙头上贴着一张纸，上面写着"往右转打开，往左转关上"。水龙头左侧一张纸上写着"左"，右侧一张纸上写着"右"。厨房案板上有一袋牛奶，牛奶上贴着一张纸，上面写着"把牛奶放进冰箱"。牛奶旁边有一张清单，但不是她那张记了重要事务的清单。这张清单上写着"要把袋装牛奶放进碗里，以免洒出来"。她不确定包装袋里是否还有牛奶，于是她没再继续往下看，把清单扔进了垃圾桶。这时，她听到背后传来某种低沉的声响。那声音很轻，但她能够听到，因为她一直很警觉，而且，她对这个家再熟悉不过。她又一次感受到了那个声音，这次是从屋顶传来的。然后又是一次，这次要近得多，几乎完全包围了她。那声音来来回回，像是某种难听且深沉的鼾声，就好像屋里有个巨型

　　　　　　　　　七座空屋

动物正在呼吸。她看了看屋顶和四周的墙壁，还探头朝窗外看了看。随后她想起，她听到过这个声音，她顺着记忆努力回溯着，暂时搁置了她原本想要干的事。她对自己说，不能再像这样分心下去了。她原本到底想干什么来着？

*

家里的三面镜子全碎了，碎片撒了一地，墙边还有更多，零零落落的。肯定是那个男孩干的，她想。那个男孩。他的那个男孩。他带走了食品柜里所有的食物，还把一切都砸得粉碎。他把巧克力饮料也都带走了？她从床上坐起身。家里有股难闻的味道，酸酸的，腐败的。她穿上袜子，穿上鞋。这时她又听到了他的声音：他又出现了，偷东西，砸东西，吃东西。她站起身——她很生气，觉得自己再也无法继续忍受了——她扶着床边的护栏走出房间。她走到门口。门口贴着一张纸，上面写着"别忘了钥匙"。于是，她拿上钥匙，出了门。看到屋外的暮色，她有些吃惊。她原本以为此时还是早上。尽管如此，她还是提醒自己，现在，她应该专注于自己的新想法。她绕过堆在

空洞的呼吸　　　　　　　　　　　　　　**105**

门口的垃圾，穿过杂草丛生的草坪，走到门口的栅栏前。栅栏现在开着，她走到了小径上。她走路时摇摇晃晃的。她看了看自己的脚和脚上潮湿的拖鞋。然后，她沿着小径继续前进，走到了隔壁女人家门口，按了按门铃。一切都发生得很快。她既没有感觉到疼痛，也没有呼吸困难。女人来开门时，洛拉问自己，现在做的到底是不是正确的事。

"您好。"洛拉说。

那女人只是静静地打量着她。她看起来是如此苍白、干瘦，很明显，她要么就是病了，要么就是个瘾君子。洛拉不禁有些担心，不知道那女人听到自己的话会如何反应。

"您的儿子在我家偷东西。"

她的黑眼圈看起来深得可怕。

"他把整个食品柜都吃空了。"

那女人的眼底闪过了一道光芒，这让她的表情显得更冷酷。她深深地吸了口气——她吸入的空气，远远比像她这么瘦小的女人所需的多得多——然后，她背过身去，掩上了门，好像洛拉想闯进她家似的。

"女士……"

　　　　　　　　　　　七座空屋

"而且这已经不是他第一次这么做了。"

"我儿子已经死了。"

她的声音听起来冰冷、机械，就像是电话的自动答录机发出来的。洛拉问自己，怎么会有人拿这样的事胡说八道，还丝毫不会良心不安。

"您的儿子就藏在我家，他还打碎了我所有的镜子。"她用坚定有力的声音说道。她一点都没有为自己的行为感到懊悔。

那女人向后退了一步，她的手握成拳，紧紧地抵着自己的太阳穴。

"我再也受不了您了。我再也受不了了！"那女人喊道。

洛拉把手伸进口袋。她知道自己正在口袋里寻找一件重要的东西，但她想不起自己到底在寻找什么。

"请您冷静。"洛拉说。

那女人点点头。她叹了口气，放下拳头。

"洛拉。"那女人说。

这个女人怎么会知道她的名字？

"洛拉，我的儿子已经死了。而您病了。"她又往后退了一步，洛拉觉得她像是喝醉了，像是个已经无法控制自己情绪的人。"您病了。明白吗？您总是像今天这样来按我家的门铃……"她的眼中盈满了泪水，"总是，总是。"

女人按了两次自己家的门铃。那声音很吵，在她脑中嗡嗡作响。

"您总是来按门铃，"她又重重地按了一次门铃，这次她用了很大的力气，大到几乎要把手指都折断了，随后，她又狠狠地按了一下，"来告诉我我的儿子还活着，就藏在您家里，"她突然提高了音调，"我的儿子，我亲手埋葬了我的儿子，就因为您这个愚蠢的老太婆没有及时报警！"

她猛地把洛拉推出门外，砰的一声关上了门。洛拉能听到她在门后哭泣。她大喊着叫她走远点。屋子深处又传出一声砸东西的声音。她停在原地没动，盯着自己的拖鞋。这双拖鞋太湿了，甚至在水泥地上留下了一摊水迹。她走了几步，想看看地上的水迹到底是不是自己弄的，这时，她抬头看了看天，忽然意识到彼得森医生的节目就快开始了。就在这时，她又忽然意识到自己来这里到底是干什么的，于是，她走上两级台阶，按响了门铃。她等待着，专注地听着，但她只能听到屋子深处传来的阵阵声响。她又低头看了看自己的拖鞋，鞋子很湿，这时她又一次想起，彼得森医生的节目就快开始了。于是她慢慢地走下台阶。她走得很慢很慢，边走边计算着怎么样才能既不引起呼吸困难，又能以最快的速度回到家。

*

　　然而，对于超市事件，洛拉却始终记忆犹新。事情发生时，她正在罐头食品区找一种新产品。超市里很热，因为超市的工作人员根本不知道该怎么控制空调。直到现在她还清楚地记得那些产品的价格。比如，一个金枪鱼罐头要十比索九十分。当她突然感受到一阵强烈的尿意，必须立刻去厕所的时候，她手里拿着的就是金枪鱼罐头。就在这时，她看到了那个女人，就站在不远处的乳制品货柜旁，正专注地挑选着酸奶。那女人四十多岁的样子，非常臃肿，看着她大腹便便的样子，洛拉忍不住想道，这样的女人能找到什么样的伴侣，她还在想，如果她像那女人一样只有四十多岁，她肯定会想办法控制一下自己的体重。这时，她感受到了一阵更强烈的尿意，比平时强烈得多，洛拉意识到她憋不下去了，必须立刻找地方解决。又一阵强烈的尿意令她一惊，她下意识地松开了手，手中的金枪鱼罐头滚到了地板上。她看到那女人转身朝她看来。她担心已经有尿流出来了，这令她觉得恶心。她使劲地憋着。过去她从未遇到过类似的事——她感觉到一股涌出的热流，便对自己说，可能只漏了几滴尿，她穿着裙子，别人根本看不出来。就在此时，她看见了他。他坐在那女人的手推车里看着她。过了好一会儿，她才认出他来。一秒钟以前，他仅仅是个普通的小孩，两三岁的样子，正坐在手推车的座椅上。直到她看到他看向她的双眼——深邃的眸子闪着光芒，直到她看到他有力的小手——紧紧地抓着手推车的栏杆，她才确信，那就是她的儿子。这时，一股温热的尿液浸透了她的内裤。她笨拙地向后退了两步，而那女人正向她走来。当时还发生了另一件事，她不会把这件事告诉任何人，既不会告诉他，也不会告诉医院的医生。她还清楚地记得这件事，那天发生的一切她都不会忘记。在那女人看着她的时候，她在那女人的脸上看到了自己的脸。这不是在照镜子。那女人就是三十五年以前的她。她很确信这一点，这个事实让她感到毛骨悚然。她看到那个肥胖、邋遢的自己正朝她走来，脸上带着与她脸上一模一样的反感和厌恶。

*

彼得森医生还在那里，和往常一样在电视机里注视着她，他正在介绍一种罐头食品。她站在电视前，一手撑着桌子，一手拉下裙子的拉链，想把裙子脱下来。但裙子紧紧贴着她的身体，她得用手使劲往下扯，才能把它脱掉。那个男孩正坐在他的扶手椅上。直到此时，她才看见他。两人对视了一会儿。洛拉不知道男孩在想什么，也不知道自己该怎么想他。她只知道自己饿坏了，而那二十四盒奶油桃子味的酸奶已经不在冰箱里了。这时她想起了那些巧克力饮料，她看到自己在厨房里、在黑暗中大勺大勺地舀着那些巧克力饮料，把它们送进嘴里。这么久以来，吃掉那些巧克力饮料的都是她自己？这可能吗？他知道吗？他去哪儿了？她听到一个低沉的声音，仿佛来自某个深处。这声音是如此沉重，使得她脚下的地板都晃动了起来。之后，这声音又响了一次，沉重而昏暗，来自她身体的内部。那是她空洞的呼吸声，仿佛一头史前巨兽正在她体内痛苦地敲打着。她本能地意识到，这就是她一直以来寻求的东西。她扶着墙壁，慢慢地滑坐在地上。她试图将注意力集中在疼痛上。因为，如果这就是死亡，此刻的疼痛就是它最后的助推剂了。这就是她想要的全部，这么多年来，她一直祈盼着死亡的到来，但它却只带走了他。如今，最后一刻终于来临。她的心脏猛烈地跳动着，捶打着她的胸膛，使她体内的怪物变得更加不安。外界的声音消失了。她听任自己浸没在这片寂静的黑暗中，不适感渐渐远去了。这时，她看到一幅无声的画面。那是一个炎热的午后，在祖父母的乡间别墅里，她用双手提着蓝色的裙子，上面印满了野生的花朵。她又看到了另一幅画面。那是他第一次做饭给她吃。桌子已经摆好了，李子烤肉散发出阵阵香气。忽然之间，洛拉又回到了自己的身体中，她又一次感受到了疼痛。她能感到一股股刀子一般的气流在自己的皮肤上来来回回地割着。她又感受到肺部传来的尖锐刺痛，这时她明白了：她将永远无法死去，若要死去，她必须回想起他的名字，而他的名字也是他们的儿子的名字，那名字就写在箱子上，就在离她几米远的地方。但地狱的深渊已经打开，所有的文字、所有的东西、所有的光明都飞速离她远去，远远地离开了她的身体。

四十平方厘米

我婆婆让我去买些阿司匹林。她给了我一张
十块的钞票，告诉我怎么去最近的药房。

"你真的不介意跑一趟吗？"

我摇摇头，朝门口走去。她刚刚跟我说的那
个故事还萦绕在我的心头，我想要想点别的，但
屋子太逼仄了，我得绕过那么多家具、那么多架
子和那么多摆满装饰品的柜子，很难再分散精力
去想别的事。我走出门，穿过昏暗的走廊。我没
有开灯，因为我更喜欢电梯门打开时会照进走廊
的自然光。

我婆婆在壁炉上摆了一棵圣诞树。那是个用
煤气加热的壁炉，是用石头搭建的，每次搬家她
都坚持要带上它。那棵圣诞树矮小、干瘪，绿得
很假。树上挂着几个红色的圆球、两个金色的花

环，还有六个圣诞老人，看起来像是被集体吊死在树枝上。我每天经过这棵树时都要停下来看它好几次，做别的事情的时候也常常想到它。我会想到，我母亲以前买的圣诞花环要比这棵树上的蓬松、柔软得多，还会想到，树上那些圣诞老人的眼睛没有画在脸上凸起的位置，也就是说，没有画在它们该在的位置。

等我走到药房，店门已经关了。已经十点一刻了，我得找一家晚上开着的药房。我不熟悉这片街区，但又不想打电话给马里亚诺，于是，我顺着车辆行驶的方向，试着朝离我最近的那条大道走去。我得重新适应这座城市才行。

去西班牙以前，我们退了原来租的公寓，把没法带走的东西都打包了。我母亲从她工作的地方拿来四十七个箱子，这些箱子本来是用来装门多萨出产的葡萄酒的，我们需要这么多数量的箱子来打包。有两次，马里亚诺留下我和我母亲独处，她又问我到底为什么要走；但我一直没有回答。一辆搬家卡车把我们所有的箱子送到了行李寄存处。我现在会想起这件事，是因为我几乎可以肯定，在一个写着"浴室用品"的箱子里，有一板阿司匹林。但是，回到布宜诺斯艾利斯以后，我们还没去拿箱子。我们得找个新的住处，而在找新的住处前，我们得把之前用掉的钱赚回来。

就在不久前，我婆婆跟我说了那个可怕的故事，但她在讲述时显得很自豪，还说有人该把这个故事写下来。这件事发生在她离婚之前，发生在她卖掉房子，赞助我们去西班牙之前。讲完故事后，她的血压降低了，还觉得头痛得要命，只好拜托我去买阿司匹林。她觉得我很想念我的母亲，但她不明白为什么我不想打电话给她。

我看到一个街区以外有一家药房，就在大街上，我等着信号灯变绿，穿过马路。这家药房也关门了，不过门口贴着一张晚上营业的药房的名单。如果我的方向感没错，穿过卡兰萨车站的铁轨后，在圣菲大道的另一侧就有家药店。但要去那里还得再走四个街区，而我已经离家很远了。我想，要是马里亚诺这时候回家了该有多好，他肯定会问他妈妈我去哪儿了，而我婆婆就得告诉他，晚上十点半，她派我去了一个对我来说完全陌生的街区，为她买阿司匹林。想到这里，我又自问，这有什么好的？

我婆婆是这么开始讲述这个故事的，她站在她家餐厅的正中央，她丈夫出去工作了，但很快就会回来。她的四个孩子也出门了，一个跟着爸爸去工作，还有几个在学校。前一天晚上，她又和她丈夫大吵了一架，还提出要离婚。他们家的房子很大，但她已经失去了对这个家的掌控。负责清扫的女佣正在工作，但她已经记不清壁橱里有什么，也不确定食品柜里是否缺了什么。一家人坐在桌边吃饭时，她的孩子们总要取笑她的吃相。他们嘲笑她吃鸡时大口大口啃骨头的样子，嘲笑她总要吃两份甜点，嘲笑她总在两颊塞得鼓鼓的时候去喝水。我很孤独，她在心里想，我的孩子只相信他们的爸爸。

我沿着第一条街道向前走，到了路口却发现这是一条没有出口的死路，到了下一个街区，我又遇到了同样的状况。我想找个人问问路。我遇到了一个女人，她十分怀疑地打量着我，说，再走两个街区，就可以沿着地下通道走到圣菲大道的另一侧。

那天，我婆婆就站在餐厅中央，她看了看自己的手，决定了下一步该怎么做。她抓起大衣和钱包，出门叫了辆出租车，来到利伯塔德街。那天下着暴雨，但她知道，如果此时不完成这件必须完成的事，那她一辈子都完成不了。下车时，她的凉鞋被雨浸湿了，积水一直漫到了她的脚脖子。她按响了路边一家金店的门铃。她看着店主穿过金碧辉煌的橱窗，朝她走来。我猜想，他打开门时一定从头到脚地打量了她一番，看到一个被淋得湿漉漉的人走进自己的店，他心里一定很不高兴。店里的空调开得很足，冷风吹着她的后颈。

"我想卖这只戒指。"她说。她以为把这枚戒指摘下来会很难，因为这些年来她胖了不少，但她的手是湿的，戒指一下子就滑了下来。

店主把戒指放在一个小小的电子秤上："我可以给您三十美金。"

她犹豫了一会儿，说："这是我的结婚戒指。"

店主回答："它就值这个价。"

此刻，我走下地铁口，穿过通道，好去到大道的另一头。走到分岔路口，看到墙上张贴的海报，才想起我以前曾来过这个地方几次。在我的右手边，再下两层楼梯，就是地铁站，而我的左手边就是出口。或许是因为我觉得地铁站里会有药房，或许是因为我想再回忆回忆这个地铁站的样子，我选择走向右手边，走下楼梯。我愿意在这种事情上浪费时间，因为这有助于我向前看，有助于我继续生活，毕竟，整整一个半月，我什么都没干。于是，我朝地铁站走去。我身上有一张地铁卡，还能用，我刷卡进了站。这时，一辆列车正好进站，车轮在刹车时发出了尖厉的声音，随后车门齐齐打开。站台上没几个人，因为地铁十一点就停止运营了。有个人从第一节车厢探出头看了看，可能是安保人员，正在揣测我到底要不要上车。列车驶远后，我在一条没人坐的长凳上坐下。车站内一片寂静。这时，长凳那边有什么东西动了动。是一个坐在地板上的老人。他是个乞丐，他的双腿只剩下两截残肢，膝盖和膝盖以下的部分都消失了。他在看轨道对面的洗发水广告。

我婆婆收了钱，她告诉我，离开金店时她一直抚摩着自己空荡荡的无名指。雨已经停了，但人行道上还有积水，湿漉漉的凉鞋弄得她的双脚很难受。几天后，她用口袋里的那三十美金买了一双新凉鞋，但她一直没有勇气穿上。卖了戒指后，她又拖了二十六个月，才终于离了婚。她在餐厅里跟我讲了这个故事，一边讲一边涂着指甲。她说我们不必急着还她钱，她不缺那笔去西班牙的旅费，我们想什么时候还给她都行。她说她很想念她的孩子们，但她知道他们都各自有事要忙，她不能一想他们就给他们打电话，那会很讨人嫌的。我想，我必须听她说话，这是我的义务，因为我住在她家，因为她失去了价值三十美金的结婚戒指，这令我感到很愧疚。因为她坚持要给我们烧饭，每次我们洗完衣服，她就非得帮我们烫，因为她从一开始就对我很好。她还说，她问 C 室的邻居讨来了周日的分类广告专栏，帮我们看看有没有合适的新公寓，因为她觉得我们现在住的这间不够亮堂。我愿意听她喋喋不休，因为我没有其他事情可做；我看着她，因为她就坐在那棵圣诞树前。最后，她说她很喜欢跟我聊天，像今天这样，像两个朋友一样。她说她小时候会在厨房里和母亲聊个不停，她说要是她母亲还在就好了。她停了下来，于是我又翻开了我的杂志，这时她又开口说：

"向上帝祈祷的时候，我会这样说：'上帝啊，请尽您所能地帮助我们吧。'"她长叹了一口气。"真的，我从来不祈求具体的东西。听了那么多别人的故事后，我已经学会不再为他们祈求对他们来说'最好的'东西了。"

就在这时，她说她的头很痛，很晕，问我能

不能帮她买几片阿司匹林。

又一辆列车驶离站台。那个乞丐看了我一眼，问：

"您也不打算乘车吗？"

"我需要我的箱子。"我说。此时我忽然想起了它们，于是我知道了自己到底想要什么，知道了我为什么还坐在凳子上。

但我婆婆还说了些别的。一句傻话，却一直在我的脑海中，挥之不去。她说，拿着三十美金走出那家店，她却回不了家了。她有打车的钱，记得家里的地址，也没有别的事要做，但她就是回不了家。她走到街角的公交车站，坐在铁制长椅上，就那么一直坐着。她看着往来的行人。她不想，也不能思考任何事，她不能做出任何决定。只有她的身体机械地看着、呼吸着。她陷入了一段循环往复、永无止境的时间中，公交车来了，又走了，车站的人走空了，又挤满了。每个等车的人都带着东西。他们把自己的东西放在手袋或公文包中，夹在胳膊底下，提在手里，或放在地上，夹在两脚之间。他们就这样谨慎地看管着自己的东西，而他们的东西则牢牢地支撑着他们。

那个乞丐朝我爬来。我不清楚他是怎么做到的，但看到他爬得那么快，我不禁吓了一跳。他散发出一股垃圾的味道，但他看起来很友善。他从口袋里掏出一本街道导览。

"您想要您的箱子，"他说着，打开那本导览递给我，"但您不知道怎么走……"

尽管那是一本旧版的导览，我还是找到了城市的地铁线路图。从雷蒂罗站到宪法站，从中央车站到查卡里塔站。

我婆婆说，她记得当时发生的一切，甚至能准确地说出车站里的每个人带的每一样东西。但她手里什么也没有，所以她哪儿也去不了。她说她就坐在四十平方厘米的空间中，这是她的原话。很久之后我才明白这句话的意思。很难想象我婆婆会说这样的话，但这确实是她的原话，她说她就坐在四十平方厘米的空间中，这就是她的身体在这个世间占据的全部空间。

那个乞丐等着我。有那么一秒，他垂下了眼睛，于是，我看到他的眼皮上还有一对画上去的眼睛，看起来就像是挂在圣诞树上的圣诞老人的眼睛。我知道我应该站起来，我知道一到行李寄存处，我就能找到我需要的那个箱子。但我不能这么做。我甚至连动都不能动。我要是站起来，就会不可避免地看到自己的身体所占据的空间。

我要是看地图——那乞丐此刻又把地图凑向我，仿佛想让我看得更清楚——就会发现，我无法向他指出我想去的地方，因为，在整座城市中，竟没有我的容身之所。

　　　　　　　　　　　　七座空屋

不幸之人 *

　　我八岁生日那天，我妹妹——只要别人不关注她，哪怕只有一秒钟，她都无法忍受——一口气喝下了满满一杯漂白剂。那年阿比才三岁。她先是笑了笑，随后，可能是因为恶心，才痛苦地皱起了脸。妈妈看到了悬在阿比手上的空杯子，脸色霎时变得跟她一样苍白。

　　"阿比——我的上帝啊！"妈妈一直重复着这句话。"阿比——我的上帝啊！"又过了几秒钟，她才开始行动。

　　她使劲摇晃阿比的肩膀，但阿比毫无反应；她对着阿比大喊大叫，阿比也没有回应。她跑去

---

* 原编者注：本书初稿获第四届"杜罗河岸国际短篇小说奖"时，未收录《不幸之人》一篇。在编辑本书的过程中，我们决定加上这篇曾获 2012 年"胡安·鲁尔福国际短篇小说奖"的作品。

给爸爸打了个电话，等她跑回来时，阿比还站在那儿，那个杯子依然悬在她手上。妈妈一把夺下那个杯子，把它丢进水槽。她打开冰箱，倒了一杯牛奶。之后，她愣了一会儿，看看那杯牛奶，又看看阿比，看看那杯牛奶……最后，她把装着牛奶的杯子也丢进了水槽。爸爸就在附近工作，很快赶回了家，他坐在车里，看着妈妈又重复了一遍丢牛奶杯的蠢事，然后他按着喇叭大喊起来。

妈妈把阿比抱在胸前，像一道闪电似的冲了出去。屋子的大门、门口的栅栏和车门都大开着。爸爸又开始猛按喇叭，已经坐进车里的妈妈大哭起来。爸爸对我大喊了两次，我才明白，他是在叫我去关上这些门。

就在我关上车门、系上安全带的瞬间，我们已经风驰电掣般地驶过十个街区。但等我们开到大道上，却发现那里的交通已经完全瘫痪了。爸爸一边按喇叭，一边使劲大喊："我要去医院！我要去医院！"我们周围的车纷纷移动，奇迹般地为我们让出了一条通道。然而没走几步，就又堵车了。爸爸在一辆车后踩下了刹车，他没有再按喇叭，而是开始用头撞起方向盘来。我从来没见他做过这样的事。我们沉默了一会儿，之后，他忽然直起身，通过后视镜看着我。他转过头来，对我说：

"把你的短裤脱下来。"

我穿着学校的制服。我的短裤都是白的，虽然想到了这一点，但那时我并不能理解爸爸的用意。我紧紧地抓着座椅，维持身体的平衡。我看了看妈妈，她大叫道：

"快把你那该死的短裤脱下来！"

于是我脱下裤子。爸爸一把从我手中夺走那条短裤。他摇下车窗，又开始按喇叭，一边按一边把我的短裤举出窗外。他把那条短裤举得高高的，一边喊叫一边继续按着喇叭，整条街上的人都转过头来看他。那条短裤很小，但白得足够显眼。一辆救护车从后一个街区鸣着警笛朝我们驰来，它很快追上了我们，开始替我们开路。爸爸继续挥动着我的短裤，直到我们到达医院。

车在几辆救护车旁停了下来，我爸妈立即下了车。妈妈没等我们，抱着阿比径直冲进医院。我犹豫着要不要下车：我现在没穿裤子，想看看爸爸把我的短裤扔在哪儿了，但那条短裤既不在他手上，也不在前排座位上。爸爸从外面把他那侧的车门关上了。

"快点，快点！"爸爸说。

他打开我这侧的车门，抱我下了车。随后他锁上了车门。我们走进医院候诊大厅时，他在我肩上拍了拍。妈妈从走廊尽头的一间房间走了出来，对我们招招手。她正在跟护士说明情况，看到她开口说话，我不禁松了一口气。

"你在这儿等着。"爸爸说着，指了指走廊另一头几张橘红色的椅子。

我坐了下来。爸爸陪着妈妈走进诊室，我在外面等了好一会儿。我也说不清具体有多长时间，但感觉十分漫长。我紧紧地并拢双膝，想着在这短短几分钟内发生的一切，想着万一学校里的男孩看到了刚才的那一幕，看到了我的短裤在空中挥动该怎么办。我向右侧过身，上衣卷了起来，我的屁股碰到了冰凉的塑料椅。一个护士在诊室进进出出，所以，有时我能听到我爸妈的争吵声。有一次我稍稍探了探头，看到阿比在一张担架床上痛苦地活动着，于是我知道，她还死不了，至少今天死不了。我又等了他们一会儿。这时有个男人走了过来，坐到了我的身边。我不知道他是从哪儿冒出来的，我从来没有见过他。

"你好吗？"他问。

我想说"很好"，如果有人这么问我妈妈，她总是这么回答，哪怕一分钟前她刚说过我们快把她给逼疯了。

"好。"我说。

"你在等人吗？"

我想了想。我没在等任何人，至少，等人不是我现在想做的。于是我摇了摇头。他又问：

"那你为什么在候诊室坐着？"

我意识到这其中有个巨大的矛盾。他打开放在膝盖上的包，在包里不慌不忙地翻找着，过了一会儿，他从钱包里拿出了一张粉红色的小纸片。

"在这儿！我就知道它肯定在某个地方。"

那张小纸片上写着一个数字，"92"。

"可以拿这张纸换一个冰激凌。我请你。"他说。

我对他说不用。我不能拿陌生人的东西。

"可这是免费的呀，是我赢来的。"

"不用了。"

我看着前方，我们都沉默了一会儿。

"随你的便吧。"他说，看起来并没有生气。

他从包里拿出一本杂志，开始做上面的填字游戏。诊室的门又一次打开了，我听见爸爸说"我不能允许这种蠢事发生"。我还能想起这句话，是因为爸爸每次和人争吵都会以这句话结束。那个男人似乎没有听到爸爸的话。

"今天是我的生日。"我说。

"今天是我的生日，"我又自言自语道，"我该做点什么呢？"他停止填空，放下铅笔，惊讶地看着我。我没有看他，只是自顾自地点点头。我知道，自己又一次引起了他的注意。

"可是……"他说着，合上杂志，"有时候我真搞不懂你们女人。既然今天是你的生日，你来这个候诊室干什么呢？"

他真是个观察入微的男人。我在座椅上调整了位置，挺直了身体，但是，即便我挺得笔直，也只能够到他的肩膀。他笑了笑。我理了理头发，说：

"我没穿裤子。"

我不知道我为什么要说这个。今天是我的生日，但我却没穿裤子，我的脑子里一直想着这件事。他还盯着我，可能被我的话吓到了，也可能觉得自己受到了冒犯。我意识到，尽管不是故意的，但我刚才说的话有点没教养。

"但今天是你的生日。"他说。

我点点头。

七座空屋

"这不公平。人在生日那天可不能不穿裤子。"

"我知道。"我说。我说得非常坚决，因为我终于意识到阿比搞出来的这场闹剧把我置于多么不公平的境地。

他又沉默了一会儿。随后，他看向了面向停车场的窗户。

"我知道可以在哪里搞到短裤。"他说。

"哪里？"

"问题解决了。"他说着，收起手头的东西，站起身。

我犹豫着要不要站起来。当然是因为我没穿裤子，但也是因为我不确定他说的是不是真的。他看了看门口的登记台，举起手跟坐在台子后边的人打了个招呼。

"我们马上就回来，"他说着，指了指我，"今天是她的生日。"而我则在心里祈祷："看在上帝和圣母玛利亚的分上，千万别提短裤。"他没有继续说下去，只是打开门，对我挤了挤眼，我意识到，我可以信任他。

我们走到了停车场。站着的时候，我还不到他的腰。爸爸的车还停在救护车旁边，一个警察正烦闷地在它附近打转。我停下来看了看他，他一直看着我们，直到我们走远。风在我的双腿之间吹着，又吹起了我上衣的下摆，我必须紧紧地抓着衣服，还得夹紧双腿走路。

他回头看我有没有跟上，正好看见我在跟自己的衣服作斗争。

"我们最好贴着墙走。"

"我想知道我们这是要去哪儿。"

"别那么婆婆妈妈的，达令 *。"

我们穿过街道，走进一家商场。这是一家很糟糕的商场，我妈妈肯定不会走进这种商场的。我们一直走到商场的尽头，那里有一家很大的服装店，这家店真的很大，我妈妈肯定也不会来这种店的。进门前他对我说"别迷路了"，然后向我伸出了手。他的手很冷，很柔软。他像出医院时对登记台的工作人员打招呼那样，对店里的柜员招了招手，但没人理会他。我们穿过一排排的衣服。这家店里除了卖连衣裙、裤子和 T 恤衫，还卖各种工作服：头盔、清洁工穿的那种黄色小马甲、家政清洁女工穿的罩衣、塑料靴子，甚至还有一些工具。我心想，他的衣服会不会就是在这

---

* 原文为英语：darling，下文同。

　　　　　　　　　　　七座空屋

里买的，他会不会用这里卖的那些工具呢。这时我又想到，我还不知道他叫什么名字。

"在那儿。"他说。

我们站在密密麻麻的男式和女式内衣中间。要是我伸出手，就可以够到满满一柜子巨大的短裤，我这辈子从没见过这么大的短裤，而且每条只卖三比索。这些短裤每条都有我短裤的三倍大。

"不是这些，"他说，"是那些。"他带我往前走了几步，那里的短裤更小一些。"看看这些短裤……你想选哪条呢，我的小姐*？"

我看了一会儿。几乎所有短裤都是粉色和白色的。我指着一条白色的，那是仅有的几条不带蝴蝶结的短裤。

"这条，"我说，"但我没有钱。"

他凑近了一点，在我耳边悄悄说：

"不用钱。"

"你是这家店的老板吗？"

"不是。但今天是你生日呀。"

我笑了。

"但我们得好好找找，确保找到想要的。"

---

*　原文为英语：my lady。

"好的，达令。"我说。

　　"你别说'好的，达令'，"他说，"我怎么也变得婆婆妈妈的了。"话音刚落，他学起了我在停车场紧紧抓着衣服下摆走路的样子。

　　我被他逗笑了。这时，他停止打趣，向我伸出两只拳头。等我终于明白了他的意思，点了点右边那只，他才摊开手。里面空空如也。

　　"你还可以再选一次。"

　　我又点了点另一只拳头。他摊开手。过了好一会儿我才认出那是一条短裤，在那之前我从来没有见过黑色的短裤。那是一条给小女孩穿的短裤，上面有白色的心形图案，但它们很小，看上去就像一个个斑点。短裤正面画着凯蒂猫的图案，就在那个通常有个蝴蝶结的位置，我和我妈妈都不喜欢蝴蝶结。

　　"你应该试穿一下。"他说。

　　我把这条短裤紧紧地护在胸前。他又一次向我伸出手，我们一路走到试衣间，里面好像没有人。我们探头进去看了看。他说他不确定自己能不能进去，因为这些都是女试衣间。他说我得自己进去试。他说的很有道理，除非是很亲近很亲近的人，否则就不该让他们看到你穿短裤的样子。

　　　　　　　　　　　　　　　七座空屋

但要一个人进试衣间，我又有点害怕。我更害怕等我出来时，外面一个人也没有。

"你叫什么名字？"我问他。

"我不能告诉你。"

"为什么？"

他弯下腰。这样他就差不多能平视我了，我甚至还比他高了几厘米。

"因为我被诅咒了。"

"诅咒？什么叫被诅咒？"

"有一个女人，她很恨我，所以她诅咒说，在我下一次说出自己名字的时候，就会死掉。"

我想这可能又是一个玩笑，但他说得很认真。

"你可以写下来啊。"

"写下来？"

"如果你把名字写下来，就不算说，而是写了。如果知道你的名字，我就可以叫你，这样我一个人在试衣间就不会那么害怕了。"

"但我们不能确定呀。如果对那个女人来说，写下来也算说出名字的一种方式呢？如果她的意思是，只要我让别人知道了我的名字，不管用的是什么方式，都会受到诅咒呢？"

"她怎么会知道？"

"因为没人相信我。因为我是这个世界上最倒霉的人。"

"这不是真的。她不会知道的。"

"我对你说的都是真的。"

我们都盯着我手里的短裤看了一会儿。我想我父母那边应该快结束了。

"可今天是我的生日。"我说。

我这么做多少有故意的成分，但我那时确实感到委屈，眼中盈满了泪水。于是他很快地抱了我一下，他用双臂环抱着我的背，抱得那么紧，我的脸深深地陷进了他的胸膛之中。然后他放开我，拿出杂志和铅笔，在封面右上角写了几个字，他撕下写了字的部分，对折了三次，把它递给我。

"不要读出来。"他说着站起来，轻轻地把我推进了更衣室。

我沿着走廊走过四个空的试衣间，才鼓起勇气钻进第五间。我把那张纸藏在上衣口袋里。回头看了看他，我们都笑了。

我试了那条短裤。简直完美。我提起上衣下摆，看看穿在身上的效果如何。实在，实在太完美了。我的感觉前所未有地好。爸爸永远别想让我把这条短裤脱下来，任由他在救护车后挥动。

退一步说，就算他真的这么做了，我也不怕被同学看到。那个女孩的短裤多漂亮啊！他们只会这么想。多完美的一条短裤啊！我发现自己根本不想脱下这条短裤。我还发现，这条短裤上没有防盗扣。短裤上有个小商标，一般防盗扣都会钉在那儿，但这条短裤上没有。我又对着镜子欣赏着自己，然后，我忍不住了。我拿出那张纸，打开看了。

我走出试衣间，他不在我们刚才分别的地方，但就在离那儿不远的地方，在一排排浴袍边上。他看着我走出来，注意到刚才在我手中的短裤已经不见了，对我挤了挤眼。这次，我主动向他伸出了手。他握住我的手，比之前握得更紧，这让我很开心。我们一起走向出口。我信任他，相信他知道该怎么做。相信一个被诅咒的男人、一个世界上最倒霉的男人知道该怎么做这种事。我们走过收银台，向门口走去。一个保安正看着我们，一边整理自己的腰带。我想象着这个无法说出自己名字的男人就是我爸爸，这让我备感自豪。我们穿过店门口的防盗门，朝商场出口走去，我们继续沉默地朝前走，一路穿过楼道，来到大街上。就在这时，我看到了阿比，一个人站在停车场中央。妈妈站在离她不远的地方，就在街对面，正在朝街角张望。爸爸也在，从停车场向我们走来。他急匆匆地走到了之前在我们的车边打转的那个警察边上，指了指我们。一切都发生得飞快。爸爸看见了我们，他大声地喊着我的名字，几秒钟之后，那个警察和不知从哪里冒出来的另外两个警察向我们扑来。他放开了我的手，但在有那么几秒钟的时间里，我的手依然悬在空中，伸向他的方向。警察将他团团包围起来，粗鲁地推搡着他。他们问他在干什么，问他叫什么名字，但他一言不发。妈妈一把抱住我，从头到脚地打量着我。我的白色短裤就挂在她的右手上。就在这时，她发现我身上穿着别的短裤。她猛地一下掀起了我的上衣，就在那里，当着所有人的面，她做了这样一件粗鲁又出其不意的事情，而我不得不退后几步以防摔倒。他看着我，我也看着他。妈妈看到我穿着黑色短裤，顿时破口大骂："婊子养的！婊子养的！"爸爸则朝那个男人扑去，想要揍他。保安手忙脚乱，试图把两人分开。我在上衣中搜寻着那张纸片，把它塞进嘴里。我一边努力地吞咽那张纸片，一边在心中默念他的名字，念了好几遍，确保我永远不会忘记。

出走

三道闪电照亮了夜空，照亮了几个脏兮兮的阳台和楼宇之间的隔墙。雨还没开始下。对面阳台的落地窗开了，一个穿着睡衣的女人出来收衣服。这一切发生时，我正坐在餐桌边，坐在我丈夫对面。我们已经沉默不语了很长时间。他用双手捂着一杯已经冷掉的茶，红通通的双眼依然坚定地看着我。他在等我说出我该说的话。但是，我觉得他知道我要说什么，正因如此，我反而说不出口了。他的毛毯扔在扶手椅下，茶几上放着两个空杯子、一个塞满烟蒂的烟灰缸和几块用过的手绢。我必须说出来，我心想，这是我应受的惩罚。我整理了一下用来包住湿头发的浴巾，又重新系好浴袍上的绳结。我必须说出来。我又对自己说。但这对我而言是个不可能完成的任务。

就在这时，不知怎的，我的身体开始行动了。事情是一点点发生的，我还没能搞懂到底是怎么回事，它就开始了：我将椅子向后一推，站起身来。接着，我往边上走了两步，远离了他。我必须说点儿什么，我想。与此同时，我的身体又前进了两步，我靠在碗柜上，双手扒拉着碗柜的木板以维持平衡。我看了看出去的门，但我知道他还在看我，所以，我只好努力地克制自己，不去看门的方向。我深吸一口气，将注意力集中起来。我又朝前跨了一步。他什么也没说，于是我鼓起勇气又跨出一步。我的平底鞋就在这附近。我仍然抓着碗柜的木板，同时伸出双脚，把鞋朝自己身边拨，然后穿上了鞋。我的动作十分缓慢，从容不迫。随后我松开手，又向前踏了一步，踩到地毯上。我屏住呼吸，大跨三步穿过起居室，走出家门，关上了门。昏暗的走廊中只有我急促的呼吸声。我把耳朵贴到门上听了一会儿，想听听屋里的动静，比如他推开椅子站起身来，或者朝门边走来的声音，但屋子里一片死寂。我没带钥匙，我心想，但我不确定是否应该为此担心。除了浴袍，我什么也没穿。我意识到了这个问题，我意识到了所有的问题，但从某种程度上来说，此刻这种异常的警觉状态反而令我舒了一口气。走廊里的日光灯闪了几下，随后整条走廊被笼罩在一片淡淡的绿光中。我走向电梯，按下按钮。电梯立刻到了。门开了，一个男人探头朝外张望，一只手还停留在电梯按钮上。他热情地做了个手势，请我进去。电梯门关上时，我闻到一股薰衣草的香味，他们可能刚刚清洁过电梯。在离我们头顶很近的地方，电梯顶灯发出温暖的光芒，多少给了我一点安慰。

"您知道现在几点了吗，小姐？"

他严肃的声音令我感到迷惑，我不知道这到底是一个问题，还是一句责备。这是个身材矮小的男人，身高只到我的肩膀，但他的年纪比我大。他可能是大楼的物业工作人员，或者是来做些专业修理工作的维修工，但我认识这栋楼的两个管理员，而这人我却是第一次见。他几乎没有头发，身上穿着一条很旧的工装裤，里面是一件熨过的干净衬衫，这让他看起来很清爽，或者说很有专业人士的样子。他摇了摇头，可能是在否定自己。

"我妻子要杀我。"他说。

我没有问他什么，我对此不感兴趣。我很高兴下楼时有他做伴，但我不想听他倾诉。我沉重的双臂无拘无束地垂在身体两侧，我忽然意识到，我现在很放松，从公寓里走出来的感觉真好。

"我不想告诉您。"那男人说着，又一次摇了摇头。

"非常感谢。"我说。我又笑了一下，生怕他以为我这句话有什么恶意。

"我不会告诉您的。"

我们在门厅点头告别。

"祝您好运。"他说。

"谢谢。"

那男人走向了停车场，而我则朝出口的方向走去。天色已晚，但我不清楚到底几点了。我走向街角，想看看科里恩特斯大街上还有多少人和车，几乎万籁俱寂。我靠在信号灯柱上，取下了包在头上的浴巾，把它搭在胳膊上，又把头发向后拨了拨。这周的天气又湿又热，但这会儿从查卡丽塔街吹来了一阵凉风，还带来一股香气。我朝那儿走去。这时，我想到了我妹妹，想到了我妹妹做的那些事，我想找个人一吐为快。会有人对我妹妹做的事感兴趣的，我很想把那些事告诉他们，满足他们的好奇心。就在这时，发生了一件我隐隐盼望的事。可能是因为在听到喇叭声的一秒之前我刚好在想他，那个电梯里遇到的男人，因此看到他开车靠近，看到他的笑容，我没有感觉到任何的不愉快。我想：也许可以跟他讲讲我妹妹的事儿。

"需要我送您一程吗？"

"如果可以的话，"我说，"但夜色那么美，钻进车里错过一个美好的晚上，那也太可惜了。"

他点点头，我的说法似乎让他改变了原先的计划。他停下车，朝我走来。

"我要回家，我妻子要杀我，我得回家听凭她处置。"他说。

我点点头。

"这只是个玩笑。"他又说。

"当然，当然。"我说着笑了起来。

他也笑了笑。我很喜欢他的笑容。这时他说：

"但我们可以把车窗摇下来。把所有的车窗都摇下来，然后慢慢地开车欣赏夜景。"

"开得这么慢，不会影响到别人吗？"

他前前后后地打量着眼前的街道。他的后颈上有一些细细的汗毛，看起来几乎是发红的。

"不会的，街上几乎没有人。我们可以开得很慢，不会有任何问题的。"

"好吧。"我说。

我转过身，坐进车里的副驾驶座。他摇下所有车窗，还打开了车顶的天窗。他的车很旧，但很舒适，散发着薰衣草的香气。

"您妻子为什么要杀您？"我问。为了讲我妹妹的事儿，首先，我得让别人说说他们的故事。

他发动了汽车，有那么一会儿，他的注意力都集中在离合器和油门上，汽车开始缓缓地行驶，直到他找到自己满意的行驶节奏，他才重新看向我。我点点头示意他说下去。

"今天是我们的结婚纪念日，我们说好了，我八点去接她，然后和她共进晚餐。但是大楼的天花板出了点问题……这事就那么严重吗？"

风吹拂着我的后颈，穿过我的臂膀，不冷也不热。完美，我心想，这就是我需要的全部。

"您是新来的大楼管理员吗？"

"唔，该怎么定义'新'呢……我已经在这栋楼工作了六个月了，小姐。"

"您也负责修理屋顶吗？"

"其实，我是个管道工*。"

---

* Escapista，除了管道工，还有逃避现实者的意思。

我们紧贴着人行道的边沿，慢悠悠地行驶着，我们前面有一位女士，手里提着空空的超市购物袋，她快步走着，不时狐疑地打量我们一眼。

　　"管道工？"

　　"我修理汽车的排气管。"

　　"您确定这是管道工该做的工作？"

　　"很确定。"

　　人行道上的女人恼怒地看了我们一眼，她有意放慢了脚步，逼得我们开到了她跟前。

　　"问题是，现在去吃饭已经太晚了，她已经等了我好几个钟头，而且这个时候，饭店应该都关门了。"

　　"您没有打电话通知她，您会迟一点到吗？"

　　他摇摇头，意识到了自己的错误。

　　"您不想给她打电话吗？"

　　"不想。我觉得这不是个好主意。"

　　"可是，那就没有多少您现在能做的事儿了。您只能回家看看她的情况再做决定。"

　　"我也是这么想的。"

　　我们看着前方。夜深人静，我却一点都不困。

　　"我要去我妹妹家。"

　　"我还以为您妹妹和您住在同一栋楼里。"

"她在这栋楼里工作。她的工作室就在我们家楼上两层。但她住在别的地方。您认识她？您知道我妹妹是做什么的？"

"抱歉，您介意我停会儿车吗？我很想抽根烟。"

他把车停在一家杂货店门口，关掉发动机走下了车。到目前为止，一切进行得多么顺利啊，我对自己说，我现在感觉可真好！但是，似乎有什么东西正从我手中流逝。是什么呢？我问自己。我需要知道这一切是怎么运作的，这样才能留住它，控制它，让我在需要的时候重新进入此刻这个状态。

"小姐！"

管道工在杂货店门口对我打了个手势，招呼我过去。我把浴巾留在后座上，下了车。

"我们没有零钱了。我们俩都没有。"他说着，指了指杂货店老板。

我在浴袍口袋里摸索，他们等待着。

"您还好吗？"杂货店老板问。

我还在埋头寻找，过了一会儿才意识到他是在问我。

"您的头发都是湿的。像这样，"他吃惊地指了指我，"像是刚洗完澡。"他又看了一眼我穿的浴袍，但没说什么，"要是您觉得没问题，我们就继续找钱。"

"我很好，"我说，"不过我也没有零钱。"

杂货店老板满脸疑虑地点了点头，随后他弯下身子，在柜台后翻找着。我们听着他自言自语，说在某个角落，在某些箱子里总会有一些零钱的。管道工看了看我的头发。他皱起眉头，有那么一会儿，我担心此刻的这种理想状态会不可避免地被打破。

"要知道，"杂货店老板又一次探出头来，"我这儿有个吹风机。如果您需要……"

我紧张地看着管道工，不知道他会如何回应。我不想吹干头发，但我也不想拒绝任何人的好意。

"我们正在吹呢，"管道工说着，指指他的车，"看到没？我们把所有车窗都摇下来了，挂一挡，慢慢地开。现在那么热，用不了一会儿，她的头发就干得透透的了。"

杂货店老板看了看那辆车。他手里有几个硬币。他攥紧拳头又摊开，重复了好几次后，才重新看向我们，把零钱找给管道工。

"谢谢。"出门时，我说。

看起来，因为我的态度，杂货店老板对我们

将信将疑，尽管他正向冰箱走去，但仍时不时回头看我们。我们出了门，管道工递给我一支烟，我对他说已经戒了，靠在车旁等着他。他点燃一支烟，抽了一口，朝上吐着烟圈，就像我妹妹常做的那样。我想，这可是个好兆头，说明一切又回到了正轨，我们能够捡起刚才在杂货店被打断的话头，重新开始。

"我们该买点儿什么，"我突然开口说，"给您妻子。买点儿她喜欢的东西，这样您就能证明不是故意要迟到的了。"

"故意？"

"买点儿花，或者甜点。您看，那边街角就有一家店。我们走过去吧？"

他点点头，锁上车门。车窗仍然开着，维持着我们刚开始兜风的样子。这很好，我对自己说。我们朝着街角走去。头几步我们走得很乱。他沿人行道的边缘走着，走得乱七八糟的，双腿互相绊了好几次，连他自己都对自己的笨拙感到惊奇。他还没找到合适的步子，我对自己说，需要保持耐心。我把视线从他身上移开，免得他不自在。我看了看天空，看了看红绿灯，我转过身，看看我们现在离他的车有多远。我向他走了几步，好维持一个能够交流的距离。我放慢了脚步，想看看这样会不会有帮助，但我们的距离反而越来越远了，他走到了我前面，只好停下来等我。他有些懊恼地转过身来等着我。等到我们再次并排前进的时候，我们的脚步短暂地维持了一致，但节奏很快又乱了。于是我停下了脚步。

"这样不行。"我说。

他又走了几步，不知所措地绕着我兜着圈子，看着我们的脚。

"我们回去吧，"他说，"我们可以继续开车走。"

一列地铁从我们脚下经过，街道都摇晃起来，一阵热风从地面上的出风口朝我们吹来。我摇了摇头。在我们身后，杂货店老板探出头来看着我们。我们已经偏离正确的方向了，我心想，一切原本是那样的顺利。他忧郁地笑了笑。我缩了缩身子，觉得双手和脖子都僵了。

"这不是游戏。"我说。

"您说什么？"

"这很严肃。"

他沉默了，脸上的笑容也消失了。他说：

"抱歉，但我不明白发生了什么。"

我们失去它了，我想，它消失了。他看着我，眼中隐约闪烁着光芒。有那么一刻，我和管道工四目相对，看起来他似乎明白了。

"您想和我说说您妹妹的事儿吗？"

我摇摇头。

"需要我送您回家吗？"

"有八个街区的路，我还是自己回去吧。您可以打个电话给您妻子，这会儿您可能愿意打给她了。"我摘下几朵花，是三朵从一栋大楼的铁栅栏里爬出来的花，它们向上爬着，爬了好几米。"拿着。您一到家，就把花送给她。"

他拿着那几朵花，目光依然没从我身上移开。

"祝您好运。"我想起了他在电梯里说的话，便对他说。然后我转身离开了。

经过他的车时，我从后窗取出了我的浴巾。我穿过马路，朝家的方向走去。等待红绿灯时，我像服务员一样把浴巾搭在手臂上。我盯着自己的双脚，自己的鞋，专注于自己走路的节奏。我深深地吸气，长长地吐气，感受着自己呼吸的声音和强度。这是我走路的方式。我想。这是我的家。这是大门的钥匙。这是电梯的按钮，能送我去我住的楼层。电梯门关上了。再次打开时，走廊里的日光灯又一下亮起来。我站在家门口，重

　　　　　　　　　七座空屋

新用浴巾把头发裹上。门没有锁。我慢慢地推开门。家里的一切，起居室和厨房的一切，依然如故，令人毛骨悚然。毛毯还在扶手椅下，茶杯还在茶几上，烟灰缸里的烟蒂也还在那儿。还有家具。所有家具都在它们该在的地方，里面的东西也都在，和我记忆里的分毫不差。他还坐在桌边，等待着。现在，他把埋在交叉的双臂中的头抬了起来，看着我。*我出去了一会儿*，我心想。我知道现在该轮到我说话了，但是，如果他问我，这就是我能给他的所有回答。

北京出版外国图书合同登记号：01-2021-3152

图书在版编目(CIP)数据

七座空屋 / (阿根廷) 萨曼塔·施维伯林著；姚云青译.
-- 北京：北京日报出版社，2021.8
　　ISBN 978-7-5477-3989-1

　Ⅰ.①七… Ⅱ.①萨… ②姚… Ⅲ.①短篇小说－小
说集－阿根廷－现代 Ⅳ.① I783.45

中国版本图书馆 CIP 数据核字 (2021) 第 112620 号

责任编辑：许庆元
特约编辑：雷　韵　徐　恬
装帧设计：少　少
内文制作：陈基胜

出版发行：北京日报出版社
地　　址：北京市东城区东单三条 8-16 号东方广场东配楼四层
邮　　编：100005
电　　话：发行部：（010）65255876
　　　　　总编室：（010）65252135
印　　刷：山东新华印务有限公司
经　　销：各地新华书店
版　　次：2021 年 8 月第 1 版
　　　　　2021 年 8 月第 1 次印刷
开　　本：787 毫米 × 1092 毫米　1/32
印　　张：5
字　　数：78 千字
定　　价：46.00 元